W0204810

BLACK MESA

Ophélie Roque

BLACK MESA
1887-1889

roman

Robert Laffont

© Éditions Robert Laffont, S.A.S, Paris, 2023.
ISBN : 978-2-221-26675-5
Dépôt légal : mars 2023
Éditions Robert Laffont – 92, avenue de France, 75013 Paris

À ma mère et à tous ceux qui ont,
à un moment ou à un autre,
traversé avec moi les sables de Black Mesa.

1.
Chicago, Illinois
Mars 1887

Quand le père et le fils se sont installés, il n'y avait rien à part une grande plaine vide parsemée çà et là d'ornières laissées par l'ancien passage d'un convoi de pionniers.

C'est le fils qui avait eu l'idée de s'établir ici après avoir perdu l'un de ses doigts dans l'enfer rougeoyant d'un abattoir. La vue de son majeur sectionné, petite chose bondissante sur le métal étrillé des machines, avait créé comme une fracture dans un quotidien essentiellement construit sur la privation et la misère. Il quitta en trombe l'atelier – abandonnant le doigt où il était –, courut chez lui ramasser ses maigres économies et poussa la porte déglinguée d'une agence à côté de State Street, qui vendait au détail des terres situées à l'Ouest. À l'ouest de l'État de l'Illinois, à l'ouest de la civilisation, à l'ouest de tout. Loin, très loin de Chicago et du doigt resté sur l'établi.

Une fois sorti des bureaux de la succursale, Franck se traîna nerveusement à travers la ville, triturant de sa main encore valide l'acte de vente fourré dans la poche de sa veste, trébuchant contre les pavés descellés. Il observa la suie qui recouvrait les immeubles, suaire noir sur les blancheurs passées de la pierre, et tentait de rappeler à sa mémoire les buildings qui émergeaient à peine du sol, brusques fongus de béton crevant l'humus. Où était celui qu'il avait contribué à construire ? Peut-être celui-ci, avec ses corniches basses et racornies ? À moins que ce ne fût celui-là, avec son lourd ventail bâti en plein cintre. Franck s'arrêta, plissa les yeux, tenta de se souvenir. Mais rien ne lui revenait.

Il avait laissé une partie de sa santé dans l'édification de ces gigantesques halls et autres beffrois néogothiques, dans ce qui semblait être la dernière euphorie de son siècle. Il aurait dû se sentir fier ; il n'en éprouvait qu'une légère amertume, et le regret d'y avoir malgré lui œuvré.

L'ancienne douleur réveilla l'actuelle ; il examina le moignon enflé, à la surface duquel un mince heaume sombre avait fait barrage à l'afflux sanguin. Au-dessus, deux phalanges en moins.

Il se demanda un instant ce que le contremaître allait faire de son doigt.

« Il peut bien l'donner aux porcs, pour c'que ça m'change. »

Alors qu'il s'apprêtait à traverser la rue, un bruit sourd lui fit tourner la tête. Une charrette à bras que tirait un jeune Italien venait de verser son contenu sur la chaussée. Les cagettes emplies d'endives et de panais avaient éclaté, béantes, et les légumes s'étaient constellés de minuscules points sépia. Du doigt mutilé perla une goutte rougeâtre.

À l'époque, Chicago était un cloaque, une cité de briques et d'os mêlés. La ville était en état de métastase permanente et étendait ses tumeurs aux quatre directions. Elle rongeait sans fin les terres environnantes et empiétait sur la boue des ornières pour transformer des sols mal drainés en un méli-mélo de baraquements branlants.

En moins de quarante ans, la cité était passée de trente mille à neuf cent mille habitants. Autant dire que tout craquait : égouts, voirie, habitations, chaque chose se disloquait dans un délitement infini.

Deuxième métropole des États-Unis par la taille, Chicago était la première sans rivale dans la transformation et l'exportation de produits carnés.

L'Amérique entière mangeait à son râtelier, et la « Windy City » devint en moins de quinze ans la mère nourricière du continent. Non la mère aux seins généreux mais une matrone aux mamelles de fer qui s'apprivoisent à l'ouvre-boîte.

Chaque année, des centaines de milliers de bêtes étaient acheminées de tous les États par convois entiers pour venir s'entasser dans ces immenses fosses mortuaires qui appartenaient à l'Union Stock Yards. Neuf millions de bêtes qui, en attendant le couperet ou la masse, piétinaient dans des enclos minuscules tandis que des tréteaux de fêtes foraines et des hôtels de passe s'étalaient le long des rails afin de divertir marchands et courtiers en viande. Une sorte de kermesse permanente alors que, juste à côté, la Chicago River se muait lentement en « Bubbly Creek ». Cette partie du fleuve, qui ressemblait de fort près à une zone de non-droit, était ainsi surnommée à cause des gaz provoqués par la fermentation des peaux et des viscères jetés à même la rivière. Au printemps, les polders se reformaient et une fange infecte envahissait alors les quartiers bas de la ville. Cette boue montait parfois jusqu'au marbre bleuté des gratte-ciel, laissant une trace humide qui mettait plusieurs jours à sécher.

Il n'était pas rare que d'anciens campagnards assistent à l'arrivée des troupeaux. Effrayées de se retrouver là, les cornes sciées et les queues nerveuses, les bêtes formaient une marée houleuse de dos flagellés. L'agonie à venir leur foutait les foies. Les enfants surtout s'amassaient et se demandaient par quel miracle une vache entrée vivante d'un côté ressortait à l'autre bout sous forme de *corned beef* tassé dans des cylindres aux couleurs vives. C'était là, après tout, un genre de magie comme un autre.

La faim commençant à se faire sentir, Franck décida de remonter Ohio Street jusqu'à Pier Navy. Il avalerait là-bas un morceau face au lac.

Il commanda un *Italian Beef* chez Wheeler's : ce sandwich garni de pickles et de bœuf filandreux ne coûtait que cinq cents. Il se rendit compte avec une légère surprise que son accident ne l'empêchait nullement d'apprécier la viande encore rosée par endroits. Il imagina un instant les reliques de son majeur garnissant l'intérieur d'un *chien chaud*, haussa les épaules, quitta le *corner* et s'engagea sur le môle, dernier rempart avant le lac Michigan.

Il s'assit sur la digue, envoya valser ses vieux brodequins et contempla le ressac ; il était bien possible qu'il ne revoie de longtemps une si grande étendue d'eau. Il avait entendu dire que la Californie était bordée d'un côté par l'océan, mais le lot qu'il avait acheté était en plein milieu des terres. En même temps, le lac Michigan n'était pas vraiment un océan. Uniquement ce qui s'en rapprochait le plus.

Franck laissa la brise emporter l'emballage graisseux de l'*Italian Beef* et pensa aux nombreuses rumeurs prétendant que le vent d'ouest haletant dans les herbes était semblable au mouvement de la houle. Et à celles affirmant que les prairies étaient comme une mer dont toutes les algues seraient remontées à la surface. Au fond, c'était même mieux, puisqu'on pouvait marcher dessus et y faire paître son bétail.

Franck ferma les yeux et enleva du bout de l'index un fragment de viande fibreuse enraciné entre deux molaires. Alors que l'aquilon de la « Windy City » soufflait à ses oreilles, il tentait de s'imaginer la partition de son cousin de l'Ouest. Sans doute ignorait-il tout de la complainte aqueuse des goélands, de l'amertume des embruns, du fantôme habitant son corail. Serait-il saturé de la forte odeur de l'humus ? Sentirait-il le bétail ? Le lait des génisses ? Le feu des foyers allumés ? À moins qu'il ne charrie avec lui que le vide et l'irrésistible abîme des espaces encore vierges.

Méticuleusement, comme avec crainte, Franck sortit l'acte de vente de sa poche. À première vue, ce n'était rien, rien qu'une grande feuille de papier jauni recouverte d'une élégante calligraphie noire. Au dos, un plan sommaire indiquait l'emplacement de la terre et attestait que c'était désormais lui, Franck Joyces, né à Summit de Ron Joyces, père, américain, et d'Elizabeth Jansen, mère, hollandaise, le possesseur légitime du lot 176, situé entre le moutonnement amorti des Plata Hills et les eaux de la Dolores River.

Plissant un peu les yeux, il tenta de convertir en arpents de terre les chiffres inscrits. Que représentent cent cinquante hectares en sacs de récolte ? Combien d'insectes silencieux qui labourent pour lui la terre ?

Et le père, dans tout ça, où le mettre ? Accepterait-il seulement de venir ?

Peu habitué à ainsi rester sans rien faire, Franck se leva d'un coup, remit ses chausses éculées et s'engagea sur Ohio Street.

Tous les soirs, le même rayon de soleil venait s'étaler contre la devanture de la Sylver's Tavern, allumant une étincelle sur les vitres. Cette réverbération cosmique était d'autant plus grotesque qu'elle était bien la seule à effleurer ce bouge. Difficile d'imaginer que quinze blocs plus haut, c'était le Loop avec ses constructions poseuses et ses attelages chics. Ici, tout était sombre, des papiers détrempés s'entassaient devant la porte, et des mégots pourrissaient à l'intérieur d'empreintes de bottes formées lors de la dernière pluie.

À quelques encablures de là, une salle clandestine proposait aux plus désespérés de parier sur la couenne d'autres types encore plus désespérés lors de matchs de boxe d'une rare illégalité. Le ring, tapissé de sciure, était si souvent souillé du sang des perdants que les lieux en étaient rendus glissants. Le vaincu ressortait de là l'échine basse, sans un sou et le crâne défoncé. Chicago n'aimait pas beaucoup les losers.

Quittant le hangar reconverti en stade, une ombre bouscula un parieur qui éructa d'une voix molle des insultes bien salées. L'homme, vieux et maigre, n'avait plus aucune utilité pour le marché du travail et se retrouvait désormais condamné à errer dans les ruelles sombres. Il venait de parier sur le mauvais gars et avait senti ses tripes se nouer à chaque coup encaissé par son poulain. Cette brute de Lituanien avait mis KO l'espèce d'épave italienne sur laquelle il avait misé un dollar. Décidément, il n'avait jamais eu de chance.

Une fois franchie la porte aux encadrements vert d'eau, la Sylver's Tavern dévoilait à l'ivrogne son intérieur enfumé. Un billard branlant ornait le fond de la salle, tandis que la flamme d'un brûleur se réfléchissait sans fin dans la multitude des crachoirs alignés sur le comptoir. Des candélabres s'échinaient à attiser un crépuscule verdâtre autour des buveurs tandis que des bouteilles, col allongé et panse ventrue, s'alignaient en une apothéose de fragrances. L'homme s'ouvrit un chemin et trouva une place vide. Autour de lui, il n'y avait que des hommes, tous hors d'âge et avec le faciès du type qui s'est trop tôt esquinté au travail. La moitié n'ambitionnait aucunement de voir le lendemain quand l'autre s'en foutait complètement. Et si, par un miracle, l'un partait sans avoir fini son verre, le vieillard, d'un geste âpre, se saisissait de la chope avant que le tenancier ne la lui enlève. Après la défaite de tout à l'heure, c'était toujours ça de pris.

Le soir même, attablé devant plusieurs bocks vides, Franck attendait le retour du père. Dans le silence du logis, l'aventure arizonienne prenait une teinte sombre. Il s'ébroua afin de chasser les tristes présages. L'oreille aux aguets, il épiait le pas sourd du père. Pour l'instant, rien que l'habituel bruissement et les infimes craquements s'échappant des autres appartements. Au loin éclatèrent les pleurs étouffés d'un bébé. Peut-être le fils de la jeune Hongroise, fille-mère de quinze ans ? Franck replongea dans son bock ; la bière avait tiédi.

Enfin, les chaussures ferrées du père se firent entendre dans l'escalier. La colonne vertébrale de Franck se raidit. À peine le père enjambait-il le seuil que le fils, fébrilement, annonçait qu'il avait acheté une terre, qu'il comptait fichtrement la rejoindre au plus tôt, et que si le vieux voulait pas crever, il avait tout intérêt à le suivre.

« 'Fin, j'vois aucun inconvénient à c'que tu restes ici, si c'est ta volonté ! Dans c'cas, j'te laisserai que'ques billets, parce qu'la chose s'fait, et qu'c'est en que'que sorte légitime. Mais j'vais pas te mentir : l'plus gros est parti dans l'achat du terrain situé à Black Mesa, Arizona. »

Une bonne terre, avait dit l'agent, une terre riche, grasse, généreuse comme les lands d'Écosse. Une terre qui leur permettrait de vivre décemment, en hommes libres et pas en serfs.

« C'est p'têt pas très correct de pas t'avoir prévenu, mais ça s'est fait comme ça… C'est comme si c'te chienne de vie avait, une bonne fois pour toutes, décidé à ma place. »

Il fallut un certain temps avant que le vieux ne réagisse, et que ses yeux se portent du doigt manquant au visage de son enfant. Titubant légèrement à travers la pièce, il s'approcha de Franck et – pour la toute dernière fois – mit une raclée à son fils. Il fit pleuvoir les coups sans retenue, sans aucune pensée, comme le cri ultime de toutes ces humiliations avalées de force. Conscient que ce serait la dernière, et que désormais c'était lui, l'homme, Franck laissa faire et ne dit rien.

Les coups s'arrêtèrent aussi soudainement qu'ils avaient commencé. Le souffle court et les poings rougis, le vieux s'adossa au chambranle incertain de la cheminée, avant d'annoncer – l'air las et d'une voix rendue pâteuse – qu'il partirait aussi.

« D'toute façon, y a plus rien pour nous, ici. À part ces saligauds de Polacks qui prennent tout l'boulot ! »

Derrière lui dansèrent des auréoles moites sur le papier défraîchi.

2.
Overton, Colorado
Avril 1887

Tous deux empaquetèrent leurs hardes, vendirent ou donnèrent le reste aux rares Irlandais de l'immeuble pas encore trop saouls, et s'engagèrent sur le long trajet qui les mènerait jusqu'à Black Mesa, Arizona.

Ils prirent une diligence, franchirent des fleuves, passèrent des gués, se firent voler une partie de leurs économies – d'abord par un escroc, ensuite par une putain –, perdirent un réchaud, et finirent par parvenir à Overton.

À partir de là, la civilisation poussée à ses ultimes confins s'estompe et laisse progressivement place à l'âpre barbarie du désert. Depuis quelques jours, le père s'était bien aperçu que les villes se faisaient de plus en plus rares, insignifiantes bicoques jetées sans ordre parmi les plaines dénudées. Il planait dans l'air des relents de sauvagerie, et il n'était désormais pas rare de voir des hommes en bras de chemise.

Alors qu'ils approchaient d'Overton, un groupe de coyotes se mit à les suivre, sur plusieurs kilomètres. Les bêtes guettaient les bas morceaux que leur lançaient en riant les enfants d'une famille d'immigrants italiens. Le père se souvint longtemps de la forte odeur d'ail qui saturait l'air.

Il faut dire que, depuis la fin des années 1860, la grande marche des *trails* commençait à tomber en désuétude. La boue des fondrières était remplacée par la houle métallique de la locomotive. Chaque mois de nouvelles lignes s'ouvraient, et la coke gagnait du terrain sur la sueur des convois. Le maillage des routes de moins en moins utilisées sombrait dans le néant, la piste devenant l'option des plus pauvres, ou l'ultime recours pour gagner des bleds trop reculés ou escarpés où jamais le train n'irait. Le père et le fils s'engagèrent dans cet entre-deux incertain qui était l'un des derniers vestiges du Santa Fe Trail. Aux longues masses succédaient des moutonnements d'hommes sur des tronçons de route elliptiques. Si certains chemins débutaient bien à l'endroit indiqué, ils n'aboutissaient plus nulle part, bloqués en plein milieu par un éboulement ou par l'effondrement d'un pont. Sans compter que le danger des sentiers augmentait proportionnellement au délitement des convois.

Dernier poste avant le désert, la petite ville d'Overton (s'il est permis d'appeler « ville » une cité composée d'un éparpillement d'échoppes désunies, parfois sans toit) alignait un saloon, un commerce de boucherie, ainsi qu'une entreprise plutôt florissante de pompes funèbres. Quelques boutiques s'étaient nouvellement implantées, dont une tentative d'épicerie, un tailleur polonais, un maraîcher, et une blanchisserie tenue par un couple de vieux Chinois. Celle-ci formait d'ailleurs la seule touche d'exotisme dans le gris flanelle de la ville. Autels fumants et franges vermeilles émaillaient de leur halo crépusculaire l'intérieur d'une échoppe aussi ramassée qu'une grotte. Seul à s'être lancé dans le business de la lessive, le couple amassait avec ténacité les dollars de ces sordides pionniers qui, quelquefois, daignaient leur confier leurs nippes pouilleuses et leurs loques fumantes. Arrivés depuis peu à Overton, ils étaient assez fiers de leur négoce. Bien que rentable, celui-ci ne pouvait encore assurer une entière prospérité à tous les membres de la famille. Réunis un soir autour d'un *chop suey*, leur fille et leur gendre décidèrent de pousser plus à l'ouest, à la poursuite du mirage californien. Les parents s'étaient arrêtés en chemin.

De toute manière, à Overton, tout le monde était plus ou moins sur le départ. Ceux qui s'installaient n'y restaient qu'un temps, avant que la vie ne les roule ailleurs. Rien ne durait bien longtemps, et chaque habitant parti avait tôt fait d'être remplacé par l'inquiète bougeotte d'un autre. C'est ainsi que les accents, les senteurs, les voix étaient progressivement balayés les uns après les autres, que les fosses s'emplissaient de gens de passage, que les chiens changeaient sans cesse de maîtres, et que le sable avait l'habitude de se démettre sous des foulées toujours dissemblables.

En quête d'un logement, le père et le fils louèrent une chambre miteuse, qu'ils se partagèrent. Située au-dessus des arcades du saloon, elle possédait pour tout mobilier un broc, un vase de nuit ébréché, une armoire faite de quatre tréteaux hâtivement assemblés, une table – sans chaise ni tabouret – et un lit, paillasse si dangereusement instable qu'ils préférèrent dormir à même le matelas. Quand la nuit tombait, ils étaient obligés de se couvrir de sacs de jute afin de ne pas geler sur place. Le froid dessinait sur les vitres d'équivoques émaux givrés.

« J'imaginais diable pas qu'ça puisse cailler autant au beau milieu du désert… »

Le père n'ajouta rien. Peut-être était-il lassé, peut-être était-il parvenu malgré tout à s'endormir.

« T'm'en veux ? J'veux dire : d'nous avoir forcés à partir comme ça ? »

Personne ne répondit, sinon le lointain gloussement d'un coyote, et le bruit d'une bouteille se fracassant dans l'arrière-cour du saloon.

Dans le fébrile remue-ménage d'une ville toujours sur le départ, les deux hommes comprirent rapidement que, pour avoir une chance d'atteindre vivants leur terre, il leur faudrait s'équiper. Et pas qu'un peu ! De partout leur arrivaient des rumeurs, commérages portant sur l'histoire de colons perdus parmi l'immensité des dunes, véritables martyrs du désert retrouvés aussi calcinés que le bœuf vendu chez Specks. Voire pas retrouvés du tout. Ou, ce qui était pire, petit bout par petit bout.

Le destin d'un pionnier victime de la soif alors que ses chariots croulaient sous les boîtes de *corned beef* remua beaucoup Franck, qui se promit de ne pas tenter l'aventure sans une abondante réserve d'eau. Quand bien même il devrait pour cela se passer de l'essentiel. Tout plutôt que la perspective de cette longue agonie.

Il fut arraché à sa rêverie par le braiment d'un mulet. L'échine basse et le poil gris souris, l'animal refusait qu'on sangle une caisse de plus à ses flancs. Le propriétaire allait avoir le gourdin leste quand le mulet lui lança une ruade bien placée qui fit s'esclaffer l'assemblée.

« Tiens, faut qu'on achète un bon chariot ! M'est avis d'avoir vu une boutique qu'en vendait d'occasion, qui paraissaient pas mal du tout.

— J'dépenserai pas un cent pour un assemblage à peine digne de fournir un putain d'cercueil à ceux qu'auraient la connerie d'l'acheter ! »

Le père cracha un long glaviot noirâtre, vestige d'une chique trop longtemps mâchée.

« T'énerve pas, on va voir c'ment faire pour s'en dégoter un neuf. »

Ils remontèrent la grande rue et se dirigèrent vers les limites de la ville, là où la route se perd dans l'immensité trouble du désert. Un peu à l'écart de la piste s'élevait un immense hangar, qui semblait construit en bois flotté. Aux alentours dominait la fade odeur de l'aorte éclatée et des entrailles évidées. Des grappes de mouches bouffies s'accouplaient sur des flaques de sang caillé et, devant la béance sombre de l'entrée, un enfant s'amusait à se rouler au sol, peuplant de ses cris la sécheresse de l'air. Jetées en tas dans un coin d'ombre, des carcasses s'imbibaient de poussière rance.

Masse noire sur le seuil, s'étalait l'ombre de l'équarrisseur. Sans trop savoir pourquoi, Franck s'approcha prudemment.

« Ce s'rait pour commander un stock de viande salée.

— Fait chaud, venez à l'ombre. On sera mieux pour discuter affaires. Bouge de là, toi ! »

D'un coup de pied, il chassa l'enfant et fit pénétrer ses visiteurs à l'intérieur de ce qui ressemblait à un cloître baroque aux nervures rosâtres.

« Fait chaud, et ces saloperies de mouches lâchent rien. J'ai pas encore tué les bêtes que déjà elles s'amènent en sournoises. Je sais pas comment elles font ; elles sont là avant même la mort. »

Franck était mal à l'aise dans ce temple qui lui en rappelait un autre ; sa blessure sembla se raviver. Le fils était pressé de conclure au plus vite le marché.

« C'est combien au kilo ?

— Doucement. D'abord, tout dépend de l'animal. C'est pas le même prix pour du bœuf que pour de l'âne. Faites pas la grimace, les Ritals en boufferaient par plaisir. Du *salame d'Assino*, qu'ils appellent ça. Et puis de la vieille carne se payera toujours moins cher que des morceaux de premier choix. Faut bien que tout le monde vive.

Alors, y vous faudrait quoi ? Et où est-ce que vous allez ?

— Près des Plata Hills.

— C'est où, ça ?

— En Arizona.

— Faire tout ce chemin pour aller en Arizona ! Après tout, ça me regarde pas, c'est vos affaires. »

La main gauche de Franck lui élança douloureusement.

« Qu'est-ce qui cloche, avec l'Arizona ?

— Ma foi rien, à part que je foutrai jamais les pieds dans un État où ces saloperies d'Indiens font la loi ! Enfin, vous y arriverez toujours plus vite qu'en Californie. Cinquante kilos de collier ou, au même prix, soixante-cinq de flanchet devraient amplement suffire. Si j'étais vous, j'y mettrais la qualité : c'est foutrement monotone, le désert, comme truc à traverser, et vous serez bien contents le soir d'avoir une bonne chose à grailler ! »

D'un coup, Franck se mit à hurler. Une bave tiède s'échappait de ses lèvres. Le souffle rauque, le poing serré, il souffrait d'une douleur nouvelle. Vaste. Sans fin. Profonde comme un souvenir. Le père ne reconnut plus son fils.

« Mais t'vas la fermer, ta gueule ?! On s'en fout, d'ton avis ! On veut juste savoir combien ! »

Un instant indécis, l'œil du boucher se porta alternativement du couperet au hachoir. Il haussa finalement les épaules, se tut, et accepta de rapidement conclure.

Attablés derrière le comptoir poisseux du saloon, le père et le fils compulsaient les petites annonces. Le vieux déchiffrait les mots à travers le liquide fauve de son verre, alors que devant lui s'en alignaient trois ou quatre autres, désormais vides.

« L'prochain convoi part dans six semaines.

— Et comment qu'on va faire durer l'argent ? Bon Dieu ! Six semaines, c'est sacrément long… »

Le patriarche gonfla une joue, aspira un grand coup et tenta de viser le crachoir. Un brouet ébène vint s'écraser sur le zinc pâle du comptoir.

« Pa ! Arrête tes conn'ries ! »

Un homme se dirigeait lentement vers eux. Tout dans son allure laissait à désirer, de sa chemise froissée maculée d'indicibles taches – halos jaunâtres sur le gris du lin – au col douteux de sa veste. Sur son crâne, une poignée de touffes noires masquait une calvitie naissante. Par-dessus tout, la démarche sirupeuse d'un pasteur récitant ses homélies. Car il y avait indiscutablement quelque chose de l'homme de messe chez Richardson, mais une prêtrise qui se serait défroquée, dévoyée, pervertie. L'homme venait les informer qu'il était organisateur et conducteur de convois, et que le sien partait dans cinq jours.

« On dit que vous êtes sur le départ. Si vous voulez vous joindre à nous, j'en serais ravi. On a toujours besoin de deux bons gars bien campés sur leurs jambes. Ma Rose et moi, on serait heureux de vous compter parmi nous. »

L'homme se tourna et jeta un clin d'œil en direction de la Rose en question, restée en retrait. La femme – une métisse – disparaissait presque sous l'assemblage de jupons raidis par la crasse. Et de cette bogue froufroutée émergeait seulement une figure aussi brune et stérile qu'un fruit sec.

Père et fils adoptèrent de concert un profond silence. Richardson, souhaitant à tout prix éviter qu'un blanc ne s'installe, s'empressa de relancer les rouages d'un soliloque minutieusement calibré. La gestuelle se fit volubile, chafouine, mutine, quasi amoureuse. Le conducteur ronronnait ses arguments et tentait d'enferrer père et fils dans une toile verbeuse, tout en les convaincant de venir constater par eux-mêmes l'aspect du convoi.

« Carl, c'est moi qui paye la consommation de ces messieurs ! »

Le caravanier lança deux piécettes en direction du tenancier qui demeurait imperturbable, le visage rigoureusement inexpressif. Les trois hommes et Rose s'acheminèrent, sous la courbe arrondie d'une nuit excessivement étoilée.

Un peu à l'écart de la ville, dans un léger renfoncement de granit, le père et le fils découvrirent une trentaine de chariots, assemblés près d'une rivière au débit rapide. Çà et là, des éclairs bleus brisaient le mat cristallin du campement. Des gosses jouaient près du fleuve, tandis que des mères finissaient de racler le fond des marmites. Le père reconnut la famille d'Italiens croisée à leur arrivée. Déjà, il pouvait s'imaginer la lourde puanteur du saucisson à l'ail.

« On s'en va.

— 'Ttends un peu ! »

Sentant que le vent menaçait de tourner, Richardson reprit précipitamment son prêche :

« Certes, mon convoi est plus petit que ces interminables caravanes d'État, mais on a le mérite d'avancer plus vite. Et puis rien ne vous assure que la queue du gouvernement partira bien dans six semaines. Souvent, elle retarde, et il n'est pas rare qu'elle se mette en route deux ou trois mois après la date prévue. Je ne sais pas, mais quand je vois des gentlemen de votre trempe, je me dis que vous n'avez pas de temps et d'argent à perdre… Je vois que vous avez acheté de la corde chez ce bon à rien d'épicier ; veuillez excuser mon langage, mais l'idée est mauvaise, très mauvaise. Celle-ci ne vaut rien et casse comme une brindille dès que le soleil chauffe un peu. Ne vous inquiétez pas : je vous en fournirai une autre ! Meilleure, bien meilleure ! »

Près du feu de camp, une bûche s'effondra, projetant une colonne enflammée qui fendit l'opacité de la nuit. Autour du foyer, des enfants dormaient dans la poussière, enroulés dans leur couverture crottée. À quelques mètres seulement, une poule grattait à la recherche de poux échappés des dormeurs.

À leur retour, deux assiettes de ragoût les attendaient, posées sur la petite table imbibée de graisse. Ils contemplèrent un instant leur gamelle. Puis Franck coupa deux grandes tranches d'un pain qui semblait être pétri avec autant de sable que de seigle.

« Qu'est-ce t'en penses ?

— J'en pense qu'c'est un beau foutraque. Même sa guenon elle présente mieux que lui !

— J'parle pas d'ça. T'penses qu'on peut s'en sortir, avec son convoi ?

— Le désert est grand…

— On pourra jamais tenir plusieurs mois ici. Même en trouvant un boulot à côté pour passer l'temps.

— Dans c'cas, pourquoi qu'tu poses la question ? »

Le père se leva, observa un instant le lustre. Il oscillait doucement sous les poutres mal équarries du plafond. Le vieux rangea sa chaise et prit l'assiettée encore fumante.

« J'mange dans la chambre. »

Resté seul, le fils plongea la fourchette dans le plat. Le rata n'avait aucun goût. Ni bon ni mauvais. Rien que les fibres brunies d'une viande indéfinissable. Las, Franck posa son couvert. En face de lui, une jeune putain lui adressa un pauvre sourire. Il lui manquait plusieurs dents.

3.
Désert du Sonora
Avril-mai 1887

En tout et pour tout, le convoi se composait de quatorze familles réparties en trente-deux chariots. Quatre américaines, une mexicaine, deux suédoises, une française, trois italiennes, une allemande, une hongroise, et une chinoise. Et régnait sur l'ensemble un brouillamini d'anglais teinté de toutes les nuances possibles. Sans compter l'infinie palette des odeurs : sueur des bêtes et des hommes, tonnelets de riz aigre, chaleur fade du crottin.

Aux familles venaient s'ajouter une quinzaine d'hommes détachés – cheminant souvent seuls, parfois à deux. Les moins miséreux poussaient devant eux une malheureuse carne, quand les plus pauvres transbordaient le reste de leur fortune sur leur dos. Parfois, une nippe tombait au sol ; peu prenaient la peine de la ramasser. Au fond, tous s'en foutaient. Beaucoup arboraient des dégaines suspectes et des têtes équivoques, à mi-chemin entre le bandit de grand chemin et l'alcoolique congénital. Ils formaient la caste des éternels rouliers de la plaine, plus âpres et égoïstes encore que les hommes de mer. Aucune solidarité de corps, l'individualisme farouche pour seul moteur, le mouvement pour unique principe de survie. En un mot, la marche pour ne pas pourrir sur place.

En tête de file, timonier de cette glorieuse colonne, Richardson, toujours flanqué de sa métisse. Feutre fatigué vissé sur le crâne, il fouillait l'inflexible sécheresse des horizons. À ses côtés, Rose disparaissait sous une avalanche de soieries. Ce n'était pas sa première traversée du Sonora ; seulement, elle en revenait chaque fois avec un regard un peu plus vide. Ni joie ni effroi, rien que le vague de ceux qui, à force d'avoir tout vu, finissent par ne plus rien voir, s'en félicitent et se satisfont de cette complète indifférence.

Personne – à part peut-être un habitant d'Overton – n'aurait misé un dollar sur le succès de ce convoi où tout était brinquebalant, chancelant, rafistolé. Rien qui soit droit ou possède un angle. La caravane avait l'allure d'un cortège de mendiants partant à l'assaut du désert. Mais Overton avait vu de bien pires attelages parvenir à destination, ne laissant derrière qu'un ou deux apprentis fermiers. Ce qui constituait, pour l'époque, un ratio tout à fait acceptable.

Le dimanche tant attendu vit s'enchaîner les faux départs : un poêle oublié qu'il fallut retourner prendre, une literie qu'on dut en urgence repêcher, une patte fracturée sans que l'on sache au grand jamais comment cet accident avait bien pu se produire. Ce n'est qu'à l'instant où le soleil s'étendit dans le ciel que le grand rigodon eut lieu.

Au soir du premier jour, seuls sept kilomètres avaient été parcourus. C'était à désespérer.

Tout de suite, le père et le fils décidèrent de cheminer seuls, aussi éloignés qu'ils le pouvaient des berlines familiales comme des cicérones esseulés qui charriaient avec eux de pénibles effluves de lard rance, d'entrejambe jamais lavé et de whisky frelaté. Leur solitude faisait peur à voir ; on pressentait l'homme rendu sordide par les coups de gueuse d'une vie aussi retorse qu'une salope en fin de carrière.

De la route en elle-même, peu de choses à dire à part qu'elle s'étalait monotone tel un ruban sans fin. Rien non plus à contempler, sinon l'interminable moutonnement de dunes revêtant l'éclat du cuivre chauffé. Parfois, un plant de cactus ou une réunion de virevoltants venaient briser la stricte linéarité des perspectives.

Hommes et animaux, tous ressentaient l'horizon comme un désir inquiet, un besoin si pressant qu'il pouvait créer chez certains de soudaines coliques. Si la journée brodait sur les fastes de la chaleur, la nuit, quant à elle, misait sur la composition grandiose d'un froid lumineux. Le matin, on découvrait sur le sable rendu argenté par le givre quelques sauriens immobiles – comme shootés au chloroforme ; un léger glacis recouvrait encore leurs écailles engourdies.

Le désert de Sonora forme l'une des plus vastes étendues arides des États-Unis. Trois cent vingt mille kilomètres carrés de persévérante stérilité dévorant une grande partie de deux États, la Californie et l'Arizona, et dispersant les restes de son existence dans l'Utah et le Nouveau-Mexique, allant même jusqu'à disséminer ses ultimes spores à la frontière du Colorado et se répandant de l'autre côté de la frontière mexicaine.

Patrie du cactus saguaro, le Sonora est aussi le refuge de *Stenocereus thurberi*, également baptisé « cactus orgue » en hommage à la structure tubulaire de ses pétales. *Stenocereus* émaille ainsi le désert de ses orgues toujours prêts à exécuter un requiem, une marche funèbre, ou autres conneries du même genre.

Quarante degrés en journée, moins dix degrés une fois la nuit tombée : voilà pourquoi les convois ne s'aventuraient à traverser le désert qu'en cas d'impérative nécessité, ou de consternante folie, beaucoup préférant atteindre la Californie en passant par-dessus cette gueule brûlante de l'enfer. En bref, le Sonora, c'est une multitude de cactacées, une foire aux ossements, une ombre inexistante, et parfois – quand la chance sourit au voyageur – un trou d'eau saumâtre qui suffit à peine à combler ses besoins les plus élémentaires.

Il ne faut donc pas s'étonner si, dans l'éblouissement permanent de cette lumière crue, le vieux perdit un peu la tête et devint subitement fasciné par une chose qui n'avait rien à voir avec le désert, et qui n'avait même rien à voir avec l'Occident. Dès les premières lueurs de l'aube, il trouvait un prétexte pour s'éloigner du campement, et rôder devant le chariot du jeune couple chinois. Attiré malgré lui, il allait regarder l'idole qu'ils avaient placée dans une sorte de niche aménagée sur les devants du chariot. La statuette – haute d'une trentaine de centimètres – représentait un homme obèse et chauve, le lobe des oreilles étrangement distendu, assis les jambes croisées et les bras sagement repliés. Le drapé de sa robe s'ouvrait sur la masse rebondie du nombril. Cependant, ce qui attirait le père et le mettait dans cet état quasi second, ce n'était ni l'obscène adiposité des chairs (quoique décidément certains en ce monde ne se gênaient pas pour se gaver...) ni même le collier de perles mollement tenu, mais bien cet immuable sourire. Parce qu'il en était sûr, la statue souriait. Au vent, au froid, à la chaleur... Au Soleil, à la Lune, aux nuages... Aux diptères, aux coyotes, aux vautours... Elle souriait de toute la plénitude de ses dents sculptées dans l'ébène et recouvertes de laque rouge.

Chaque jour, le vieux rôdait à côté de la berline, et tentait d'entrevoir à la dérobée le secret de cette gaieté monstrueuse, et de ce détachement cosmique qui lui remettait davantage, à lui, Ron Joyces, soixante-six ans, le nez dans l'ordure.

Un matin, son manège fut interrompu par une voix bienveillante :

« Lui Bouddha. Comme Jésus.

— Jésus est maigre, cloué sur une p'tain d'croix et il sourit pas. »

Le vieux avait à peine tourné les talons qu'un rayon de soleil vint illuminer le visage du Bouddha, hilare.

Certaines nuits (notamment celles où le talonnait l'énigme de l'insondable sourire), le père ressentait le besoin de s'isoler. Il traînait alors son grabat à quelque distance de son fils et s'installait seul face aux étoiles, le dos calé contre un rocher. Un tabac mouillé au coin des lèvres, il se perdait dans la toile nébuleuse du firmament, ne réfléchissant à rien. Sa cigarette finissait par s'éteindre, petit point rouge absorbé par le crépuscule. Quelquefois, il buvait plus que de coutume. Il se saoulait de mauvais vin et passait une ou deux journées à errer dans les brumes de l'ivresse. Il devenait alors hargneux, cherchant sans cesse à s'accrocher avec les autres et menaçant constamment son fils de représailles. Ces nuits-là, Franck se sentait redevenir aussi vulnérable et chétif que l'enfant qu'il avait été. Il se remémorait le grand pommier ombrageant le jardin, lorsqu'ils vivaient encore en dehors de la cité, et que la brume des usines et les déflagrations des machines ne formaient pas la toile de fond de son quotidien. Quel âge avait-il quand le père l'avait emmené dans les banlieues pauvres de Chicago ? Cinq, six ans ? Franck tenta de raviver sa mémoire, mais il ne gardait de l'époque qu'une temporalité floue, comme si la pensée des journées passées hors de la ville s'était entièrement dissoute, préservant uniquement l'image des branches du pommier, qui se détachaient dans le bleu mat des jeunes matins.

De quoi se souvenait-il encore ? Du vent murmurant sa douce complainte aux bourgeons, du tronc noueux et de son écorce tachetée, des pommes cuisant doucement sous l'haleine de l'été. Franck fut pris d'un doute : n'était-ce pas finalement le souvenir enfoui du pommier qui l'avait incité à fuir Chicago, bien plus que le moignon ? Mais les pommiers pouvaient-ils seulement pousser dans la terre épuisée de l'Arizona ? Chaque jour paraissait lui apporter un démenti nouveau, et Franck se sentit soudain très las, très seul, se demandant s'il avait bien fait de quitter à jamais les prairies vertes de son enfance.

Franck fut réveillé en sursaut. Un nuage de poussière couvrait le camp. Autour de lui, un attroupement d'hommes, de femmes et d'enfants. Des cris dans toutes les langues, des plus gutturales aux plus sifflantes. Un chariot en difficulté se trouvait à plusieurs dizaines de mètres, le flanc droit douloureusement tourné vers le ciel. Des hommes s'arc-boutaient pour remettre d'aplomb l'imposant scarabée.

La bouche sèche, Franck se gratta la nuque et se dressa, la chemise encore humide d'une légère rosée.

« Pa ? Qu'est-ce qui s'passe ?

— J'crois bien qu'ces foutus Mexicains ont versé leur calèche...

— T'aides pas ? »

Le père se contenta de hausser les épaules et cracha sa chique dans l'herbe rase.

Le chariot était salement enlisé, et la coque de la berline pliait sous la pression. Ses propriétaires étaient terrifiés. Apeurés comme des animaux pris dans un sac. La famille avait toujours fait preuve d'une exemplaire réserve – pas étonnant qu'elle soit effrayée par ce charivari.

« Pa ?

— Hum... ?

— T'trouves pas qu'y a un truc qui cloche ? »

Ron Joyces fit craquer ses articulations et s'essuya les mains sur son pantalon. Il remisa sa chique dans son veston et s'approcha. Son bougre de fils avait raison, il y avait quelque chose d'anormal. L'épouse, une grande femme sèche aux traits anguleux, semblait n'avoir qu'une envie : que tous les autres s'en aillent. Le débit rapide, elle ânonnait dans un anglais mâtiné d'espagnol qu'elle et son mari seraient capables de remettre à eux deux leur attelage sur roues.

Pour ce que ça le touchait, le vieux. Les autres n'avaient qu'à les laisser se démerder, si c'était ce qu'ils voulaient. Il ricanait dans sa barbe quand son regard croisa celui de la grand-mère ; deux ou trois petits s'agrippaient à sa jupe. Ron n'eut pas le temps de s'appesantir : un gigantesque craquement se fit entendre, bientôt suivi d'exclamations et de rires. Le chariot venait d'imploser sous la poussée, éparpillant aux quatre coins son contenu. Un chaudron et des bouteilles roulèrent tandis que trois ou quatre poulets profitèrent du désordre pour s'échapper de leur cage d'osier, troquant une mort rapide et certaine contre une mort douloureuse et probable.

Un long caisson, pas entièrement dégagé de la berline, émergeait du désordre ; il était en partie recouvert d'une pile de vieilles couvertures servant pour la nuit. Toute la famille se regroupa, indifférente au reste et se moquant éperdument que la volaille s'égaille ou que certains curieux s'approchent d'un peu trop près des ustensiles dispersés. Un second craquement sonna la mort définitive du chariot qui, dans un ultime cahot, bazarda le caisson par-dessus bord, faisant voler couvertures et couvercle. Une masse laiteuse se répandit au sol, petits cristaux blanchâtres resplendissant sous le soleil. Tous restèrent sans voix. De mémoire d'homme, on n'avait jamais vu ça sur le parcours du Santa Fe Trail. Un crâne émacié à la peau grêlée, racornie et noircie, dont les gencives se retroussaient sur deux rangées de dents grisâtres. Les orbites évidées étaient remplies de sel, et quelques mèches éparses formaient un singulier postiche. Un mort sommeillait dans la boîte, hypothétique goule conservée dans sa toilette de sel. Énigme d'un inconnu, que sa famille comptait ramener au Mexique.

Richardson ne leur laissa pas le choix : s'ils souhaitaient rester dans le convoi, ils devaient abandonner le corps. Leurs affaires furent réparties dans plusieurs chariots, et ils eurent à peine le temps de creuser un trou, de clouer le couvercle et d'abandonner celui qui était à la fois leur fils, leur frère et leur oncle aux solitudes du Sonora.

Plusieurs journées s'écoulèrent sans aucun autre incident que les kilomètres de sable quotidiennement avalés. Depuis sept semaines, ils cheminaient péniblement à travers la soupe sableuse, perdant des essieux, s'arrêtant pour réparer une roue, ou courir après une bâche emportée par une bourrasque. Globalement, tout le monde suivait ; seule l'une des familles suédoises était constamment à la traîne. Elle subissait plus sévèrement que les autres les caprices du désert. Deux de ses bœufs étaient soudainement morts ; d'un coup de chaleur selon les uns, d'une malédiction selon les autres.

Il n'empêche que cette avarie nuisait à la bonne marche du convoi. Tous se réunirent et ceux qui le pouvaient acceptèrent de fournir à tour de rôle les bœufs manquants. L'accord fut conclu au-dessus de la flambée d'un feu, alors qu'une glace insidieuse commençait à envahir les herbes. Le lendemain, la grande marche reprit.

Depuis le départ d'Overton, sans que l'on y prête trop attention, le comportement de Richardson avait changé. On l'avait connu onctueux et doucereux, il dévoilait désormais une nature de despote concupiscent. Si, au début, Rose semblait être une compagne d'infortune ou une sœur de misère, une tout autre réalité se révélait à présent, faite de chair et de râles. Les discrètes accolades firent bientôt place à une véritable fureur amoureuse. Sous les étoiles, loin de la ville et des hommes, Richardson exprimait pleinement sa nature.

Ceux de la colonne ne comptaient pas, ils lui étaient entièrement indifférents, n'avaient aucune valeur, étaient à peine des ombres. Sans lui, ils ne pourraient jamais sortir vivants de cet entrelacs labyrinthique. On se demandait même si, davantage que l'appât du gain, ce qui motivait finalement Richardson à reprendre chaque fois la route du Sonora n'était pas ces minutes d'absolu, cette certitude que, sans lui, les autres ne valaient plus rien. Ça, et les étoiles qui couvaient ses coïts.

Et Rose ? Elle conservait son masque cuivré de femme insondable. Il était impossible d'y déceler la moindre trace d'émotion, de réticence, de contentement ou de dégoût. La caravane s'enfonçait, jour après jour, dans le stupre de son meneur.

Chaque soir, le même rituel se renouvelait une fois le campement monté et la soupe portée au feu : Richardson s'envoyait en l'air derrière l'abri improvisé d'un tassement de sable – ce qui n'allait pas sans provoquer une tenace jalousie chez les célibataires, persuadés que les ahanements résonnaient de plus en plus fort dans le cristal de l'air. Peu à peu, ils sombrèrent dans un féroce entêtement, devenus affamés du péché de chair. Leur obsession glissait sur les silhouettes sanctifiées des mères pour s'attacher aux cuisses de la négresse. Leur envie s'étalait sans vergogne dans leurs yeux brillants et dans les sursauts haletants de leurs nuits mornes. Des frissons de hyènes parcouraient leur nuque. Insensiblement, le troupeau se faisait meute. Certains jouaient avec leur couteau, faisant osciller la lame entre leurs doigts gourds de désir.

Une nuit que Richardson besognait Rose, l'un, rendu ivre par le manque et une certaine dose de gnôle, planta sans ménagement et avec force moulinets son canif dans la colonne vertébrale de Richardson, qui s'écroula, masse inerte, dans l'arène grise du désert. Le silence se fit, compact, brutal, abyssal. Il se prolongea avant que ne retentisse le long hurlement de Rose, bientôt suivi d'un geste insensé, que rien ni personne ne sut jamais expliquer.

Était-ce fidélité, reconnaissance, sincère attachement ? Était-ce amour ? Cela paraissait si saugrenu dans la chaleur du Sonora ; et pourtant Rose vint à son tour s'empaler sur la lame, emportant avec elle le secret de la sortie du désert et laissant la trentaine de chariots perdus en pleine pampa.

Peut-être, après tout, n'était-ce que de la haine.

4.
Désert du Sonora
Mai 1887

Juste après le meurtre de Richardson et le suicide de Rose, l'assaillant – une malheureuse brute – fut lynché, et un coup de fusil emporta au loin ses souffrances, en même temps qu'un morceau de sa boîte crânienne. Après cette parodie de justice, un rassemblement s'improvisa ; certains y allèrent les mains encore maculées de gouttelettes brunes, d'autres avaient la gueule enfarinée de sommeil et ne comprenaient pas très bien ce qui s'était passé. Cependant, tous pressentaient que la partie la plus difficile du voyage ne tarderait pas à commencer.

Quelques heures après le drame, allongés l'un près de l'autre, le père et le fils échangeaient des mots rapidement absorbés par la nuit. Au-dessus d'eux, les étoiles brillaient aussi blêmes que des clous enfoncés dans un cuir bruni.

« Au fond, on n'a qu'à suivre le cours d'eau.

— Parce qu't'appelles ça un cours d'eau ? C'est rien d'aut'e qu'une garce de flaque.

— On d'vrait bien parvenir à s'sortir du Sonora. On est probablement pas la première caravane privée d'son passeur…

— Ça m'embête s'rtout pour les ânes, ces animaux-là aiment pas avoir soif. »

Franck se tourna et tenta, tant bien que mal, de trouver une position propice au sommeil. Autour de lui se faisaient entendre la respiration sifflante des rares dormeurs et les chuchotements inquiets des autres pionniers.

Comme chaque matin, les chevaux furent sellés, les bœufs harnachés, et la procession s'ébranla dans un semblant d'ordre : les Américains en premier, les Suédois en dernier. Entre les deux, une masse fluctuante de chariots brinquebalants et de cavaliers harassés. On avait perdu un poney, mais aucun homme n'avait à cœur de le chercher ; après tout, l'animal constituerait peut-être une offrande suffisante pour calmer la voracité du désert. Ce n'était pas qu'on y croyait vraiment, mais chacun y pensait un peu.

Et si personne ne s'en doutait encore, le choix qu'ils firent au cours de cette première journée fut désastreux. Au lieu d'embrayer au sud-ouest comme ils l'auraient dû, ils préférèrent suivre le cours d'eau, ignorant que ce qui était moins qu'une rivière mais plus qu'un ruisseau disparaîtrait dans six jours, pour ne plus jamais réapparaître. L'évanouissement du cours d'eau marqua d'ailleurs la première véritable scission au sein du convoi. Une minorité tenait absolument à faire demi-tour, estimant que poursuivre ainsi dans l'inconnu relevait de l'hérésie complète. Celle-ci était constituée de Hongrois, d'Allemands, d'Américains et de Français, et représentait un total de sept chariots qui – ensemble – décidèrent de rebrousser chemin.

C'est alors qu'un matin où le jour se levait à peine, ils se rassemblèrent, prirent avec eux leurs vivres et leurs bêtes, et retournèrent fouler ce qu'ils croyaient être les terres de l'Est.

Il va sans dire que plus personne n'eut jamais de leurs nouvelles.

Un soir que Franck et son père dînaient d'une boîte de *corned beef*, une vieille femme vint s'asseoir et posa près d'eux deux gamelles emplies d'un osso buco de fortune. Des morceaux de carottes surnageaient parmi le brun du brouet, et les bouts de calcite noircie devaient être de la viande.

« *Mangiate!* »

Elle porta ses doigts à ses lèvres et mima l'acte de manger.

« *Mangiate! Schiocchi!* »

Le père haussa les épaules.

« N'y touche pas ! Toutes les vieilles Ritales ont que'que chose d'un peu sorcière… »

Le fils allait répliquer quand une voix se fit entendre derrière eux :

« J'espère qu'elle ne vous embête pas. Elle souhaitait simplement que vous mangiez un vrai plat, pour une fois. »

Franck se retourna. Une femme d'une quarantaine d'années les regardait ; ses cheveux auburn encadraient un visage amaigri par les épreuves de la traversée. On la sentait résignée, comme un chevreuil fatigué de toujours fuir la curée. La douceur de ses yeux le bouleversa : on aurait dit une madone mélancolique ou la figure miséricordieuse du Regret.

Il poussa son écuelle et accepta le plat tendu par la vieille Italienne. L'inconnue reprit la parole :

« Où allez-vous ?

— Black Mesa, Arizona. Vous ?

— Modesto, en Californie. »

Franck déglutit avec difficulté. Non que la viande soit mauvaise ; c'était simplement les effets d'une sécheresse provoquée par la stupeur et sa timidité. Il tenta de relancer la conversation :

« J'ai acheté une ferme. »

Le père gloussa et plongea son regard dans celui de la femme.

« C'est pas une ferme ! C'est encore rien d'aut' qu'une bande de terre pas exploitée… Et p'têt bien bourrée d'Indiens qu'y faudra déloger avant d'pouvoir y faire quoi qu'c'soit. »

Un silence, interrompu par le seul crépitement des flammes, s'installa. Franck en aurait pleuré. Qu'est-ce qu'il lui prenait, au vieux, de se réveiller uniquement pour dire de pareilles conneries ?

La femme continua d'une voix douce :

« C'est bien… »

Quelques secondes s'écoulèrent, pénibles. La matriarche – insensible au drame qui se jouait – lorgnait d'un œil torve la gamelle encore pleine du vieux.

« *Mangia! Stupida palla!* »

Un nouveau silence allait s'installer, quand un petit gars, les cheveux aussi sombres que ses yeux, vint timidement se blottir contre la femme qui glissa une main dans la tignasse de l'enfant, replaçant avec tendresse une mèche folle.

« C'est Giono, mon fils. »

Le mot « fils » alluma un incendie dans le ventre de Franck. Le garçon contempla la main mutilée.

« Pourquoi il te manque un doigt ?

— Giono ! Ce ne sont pas des choses qui se demandent ! »

Franck sentit sa gorge se serrer.

« T'en as fait quoi ?

— Je sais pas… »

Les yeux baissés, Franck ne regardait plus personne.

Toujours à son obsession, la vieille s'indignait de ce que le plat refroidissait :

« *Ma mangia, maladetto barile!* »

La femme s'adressa en italien à sa mère, avant de pousser gentiment son fils devant elle. L'enfant scruta encore le moignon, avant de s'en retourner en courant vers la roulotte familiale. La grand-mère fixa un moment Ron, cracha par terre, puis s'en alla.

Derrière eux surnagea quelques instants une forte odeur d'ail et de sauge.

Le groupe traversa une région peuplée de cactus, les tuyaux d'orgue pointaient leurs moignons contournés vers un ciel invariablement sec. Une cactacée en remplaçait une autre, les tubulaires cédant la place aux verticaux, qui eux-mêmes s'effaçaient devant de prodigieux agrégats d'épineux, véritables trusts de verdure.

Afin d'économiser sur les vivres, certains voyageurs tentèrent de faire cuire les pétales, sans s'attirer autre chose que d'épouvantables maux de ventre et une impression de brûlure diffuse. Les animaux semblaient s'en sortir mieux : il suffisait de les aider à ôter les épines pour que mulets et bœufs se repaissent d'une pulpe vaguement caoutchouteuse. Les enfants trouvaient encore la force de se cacher derrière ces géants du désert, usant leurs vêtements sur des piquants aux blancheurs d'os. Les adultes s'arrêtaient parfois devant un mastodonte, cherchant à tout prix l'ombre – si chiche et dérisoire soit-elle.

Si beaucoup étaient persuadés de dénicher de l'eau au pied des cactus, ils déchantèrent rapidement. Non seulement ces plantes pouvaient s'épanouir sans eau, mais elles semblaient indifférentes à la détresse de tout homme ou animal n'appartenant pas au règne de *Cactaceae.* Orgueilleux ornements du désert, elles se suffisaient à elles-mêmes. Que crève celui qui n'est pas cactus. Logique inhérente au désert.

Jour après jour, ils marchèrent, dans la même direction. Du moins le croyaient-ils. Car non contents d'avoir opté pour une mauvaise route, ils étaient blousés par les jeux pervers d'un ciel bas et nuageux qui, en plus de leur faire espérer en vain de salutaires ondées, les perdait davantage, en leur masquant la position du soleil. Les nuits passant, la certitude de s'être égarés se faisait de plus en plus vive. Une mère de famille accusa les scorpions de vouloir les perdre, un cavalier se persuada d'entendre le vent lui parler, tandis que d'autres se souvinrent de divinités autrefois oubliées.

Si parcourir les plaines n'est jamais un exercice facile, chaque incident était désormais aggravé du poids de la nervosité. Un ouvre-boîte égaré pouvait provoquer de véritables transes quand un linge manquant devenait prétexte à des effusions de rage. Et sur tout cela, la faim qui doucement les guettait.

Le père et le fils n'étaient guère inquiets pour leurs réserves : les boîtes de haricots et les quartiers de bœuf séché emplissaient encore une bonne partie de la carlingue. En revanche, Franck éprouvait chaque jour le besoin inquiet de scruter l'intérieur des tonneaux, obsédé par l'idée d'une évaporation excessive. Il avait beau les couvrir de linges, l'impression que le soleil buvait à même les barils l'obsédait. Chaque matin, il traçait une marque et attendait avec fébrilité la venue du soir. S'il pouvait démontrer que le niveau de l'eau avait baissé, il tressaillait alors d'une joie terrible, tenant là sa preuve, et forçait le père à venir constater de lui-même l'indicible affront de cet ennemi invisible qui sabrait dans leurs provisions. Ron s'alarmait des dérives de son fils : il trouvait que le soleil commençait à taper dur sur la tête de son enfant.

Quinze jours après que la caravane eut été livrée à elle-même, ils abandonnèrent leur litre quotidien pour se contenter de quelques gorgées rapidement bues une fois la nuit tombée. Certains soirs, le fils trouvait la force de quitter ses tonneaux et s'en allait traîner en direction du chariot de l'Italienne. Il ne partait jamais bien longtemps, craignant que le père ne s'endorme et ne laisse quelqu'un s'approcher des réserves. Et puis, la femme était rarement seule. On la voyait souvent en compagnie de son fils. Et quand la voix rauque de son époux se faisait entendre, dans une insupportable alternance de voyelles longues et de courtes gutturales, Franck avait le sentiment de subir en pleine face l'idiot machisme des Latins, constitué de hauts cris et de vantardise boursouflée. Il se demandait comment elle pouvait supporter ce ramassis de conneries et de fausse virilité à la mords-moi le nœud. Il lui semblait que, s'il avait été une femme, il aurait fui de toutes ses forces cet invraisemblable amas de stupidités.

Mais justement, il n'en était pas une et il ne savait rien de ce qu'elles attendaient. Peut-être aimaient-elles ces trompeuses fureurs de saltimbanque. Ce dont il était sûr, en revanche, c'est qu'il en revenait chaque fois un peu plus las.

Au sein de cette longue débandade, ceux qui souffraient le plus étaient encore les marcheurs isolés. Sans réelles provisions, ils comptaient plus que jamais sur les autres. Et si personne n'était avare d'un bout de lard ou d'une boîte de flageolets, plus les jours passaient, plus il leur était difficile de dégoter ne serait-ce qu'une gorgée d'eau. Progressivement, une tension se créa, et ces hommes pourtant habitués à la solitude entreprirent de se rapprocher les uns des autres, constituant des embryons de noyaux qui finirent par s'amalgamer pour former une véritable meute. Ébullition mi-organisée, mi-spontanée, rapidement placée sous la coupe d'un meneur, grand type pas plus méchant qu'un autre, mais avec l'instinct de survie solidement vissé aux tripes. Sans parler de ses trois ans de bagne au compteur, pour avoir charcuté sa p'tiote – comme il aimait à l'appeler – après l'avoir surprise dans les bras de son frère. Une sale histoire, qu'il traînait sans jamais pouvoir s'en débarrasser. Il l'aimait bien, sa petite, et il n'y était pour rien si elle s'était comportée en garce. C'était la faute à la fatalité, voilà tout. En attendant, il se trouvait à nouveau au bord du précipice, et s'il voulait s'en sortir, le mieux était encore de se réunir entre « copains ».

On les voyait se parler tout bas d'un air louche, et on sentait que quelque chose se tramait, qu'un besoin – encore plus irrépressible que les cuisses de Rose en leur temps – lentement grossissait. La chasse allait bientôt pouvoir commencer.

5.
Désert du Sonora
Juin 1887

Elle débuta un soir, alors que des grappes de nuages s'agglutinaient au-dessus d'un brusque jaillissement de terres. Le Sonora s'auréolait d'un nimbe de silence quand un coup de feu déchira le ciel. Dernière sommation avant le massacre.

Depuis plusieurs jours, la caravane errait et rebondissait sans fin contre les parois de l'infini. Inexorable, le désert se refermait sur elle. Les vautours autrefois invisibles semblaient désormais l'encercler. Les naufragés de la grande plaine observaient leur lugubre quadrille, et fixaient – l'air de rien – l'ombre des volatiles évoluant sur le tatami cendreux du sol. Chacun interprétait à sa manière le glissement indécis de ces nouveaux orpailleurs, avides de sang plutôt que d'or.

Le soleil revenu luisait bêtement au-dessus des régiments de cactus, tandis que de longues collines efflanquées s'esquissaient, mamelons de caillasse brute, pointant leur buste pétrifié vers le ciel. Le désert se gonflait.

Le père, oppressé, regardait d'un autre œil ces géants granitiques qui lui faisaient une si drôle d'impression. C'était comme contempler une maison de maître dont aucun ouvrier ou métayer n'aurait jamais la clef. Quelque chose d'un peu bête et de profondément vain.

Le soir, le groupe avait pris l'habitude de se resserrer autour du feu. Tous sentaient que la meute rôdait, pas encore décidée mais à l'affût du moindre relâchement. Quand ils s'installaient pour souper – *corned beef* demi-sel ou sardines pimentées –, ils avaient la sensation qu'un souffle étranger les enveloppait de son haleine et fouillait sans vergogne le contenu de leurs plats. Se retournaient-ils qu'ils ne rencontraient pourtant rien d'autre que le mutisme de la nuit. Cependant, il flottait dans l'air une odeur de poudre, présage sombre d'une douleur à venir. Chaque nuit, les hommes montaient la garde, pour protéger les provisions de la convoitise de ces bandits dépenaillés. Certains assumaient le quart l'échine crispée et le doigt rivé sur la détente, quand d'autres finissaient par s'assoupir vaincus par la fatigue, l'éreintement, et peut-être en proie à une forme de fatalisme.

Bientôt privées d'eau, les bêtes se couchèrent et refusèrent de se relever, insensibles aussi bien aux menaces qu'aux prières. Les ânes, surtout, devenaient vicieux, et mordaient sans prévenir la main qui autrefois les avait nourris. Les autres finissaient par renoncer, mais pas eux. Chicots ébréchés en avant, ils happaient le bras ou l'étoffe qui passait à proximité. S'ils parvenaient à lacérer un bout de chair avec, tant mieux ! Il y avait indiscutablement de la rancune dans leur souffrance.

La fatigue des animaux hâta l'abandon des chariots. Il était impossible de tracter les biens d'une vie à dos d'homme. Tous partageaient cet amer constat, mais les Suédois tentèrent de s'atteler aux voitures. Pendant trois jours, ils poussèrent, tirèrent, se cabrèrent sous le poids, butant contre les roches et s'enlisant dans les creux d'un terrain rarement lisse. Les roues s'accrochaient à des tronçons de cactus, ou roulaient sur d'aléatoires carcasses. Ils tractaient l'impossible charge, les paupières rabattues face à l'aveuglant soleil et le front strié par le sel d'une sueur aussitôt évaporée. La caravane ne savait que penser de cet exploit ; c'était renouveler Sisyphe et son rocher. Puis un jour une roue céda, et les Suédois abandonnèrent. Désormais, tous acceptèrent de regrouper leurs vivres et de mutualiser les bêtes encore valides.

Les deux baudets trop malades pour continuer furent abattus sur place ; leur viande découpée en quartiers et grossièrement salée fut équitablement répartie entre les familles.

« À c'te rythme-là, on va virer fakirs. »

Le vieux se tourna vers son fils, attendant une réponse, quand il constata que Franck était entièrement absorbé dans la contemplation de l'Italienne.

« Tu f'rais mieux d'arrêter d'la reluquer, parce qu'avec le foin qu'on va vivre, j'crois pas qu'ta midinette ait trop la tête à la galanterie. »

Franck sursauta.

« Hein ? Qu'est-ce qu'tu dis ? »

Le vieux se perdit quelques secondes dans la mastication de sa chique, étouffant parmi les poils drus de sa barbe un semblant de réponse.

« Tu devrais arrêter la chique, Pa. Ça va t'donner salement soif.

— Le désert peut bien m'crever que j'la lâcherai pas et qu'tu peux... »

Un vent nouveau enveloppa le reste qui partit se perdre dans les immensités du Sonora.

Une déshydratation prolongée génère un processus de dessiccation inéluctable. Les premiers symptômes sont déroutants tant ils semblent bénins : le palais devient rêche, la langue pâteuse ne sait plus où se poser, une sensation d'irritante sécheresse descend jusqu'au larynx. L'évocation d'un verre d'eau bu un jour d'été – la margelle du puits encore humide – se mue progressivement en obsession, en marotte qui vous tanne sans que vous vous en aperceviez, et qui s'acharne à vous rendre fou, complètement cinglé, siphonné à l'os, tout juste bon à traîner votre croulante carcasse.

Et puis cette soif n'est pas une soif, c'est une chose colossale, occulte, monstrueuse. Elle transforme le gosier en ravine, et les hommes sont prêts à toutes les bizarreries pour étancher – ne serait-ce qu'un peu – cette rude exigence : mastiquer les pétales surs des cactus saguaro (leur forme cylindrique étonnamment proche de celle de la courge les fait ressembler à des outres) ou même téter de petits cailloux ronds qui ne font qu'aggraver la situation.

Un matin, alors que le soleil ne s'est pas encore levé au-dessus des collines, l'homme se résigne et s'enivre de sa propre urine, espérant faire taire le hurlement de ses cellules. Mais la soif – larve informe – ne cesse de creuser ses tranchées dans la chair et détraque la bonne marche des organes.

Quant au soleil, il desquame la peau, vergette les corps de plaques rubicondes, bientôt suivies d'effroyables pelades emportant le peu d'énergie qui reste aux hommes. La bouche se contracte, les lèvres se ratatinent et se réduisent à deux entrefilets souffreteux.

La caravane se transforme peu à peu en une cohorte d'écorchés, juifs errants cheminant malgré eux vers la salle de dissection d'un amphithéâtre, prêts à rejoindre les étagères et à s'immerger dans le formol.

Sans compter le sable, qui s'introduit à l'intérieur des plaies et poursuit son travail de sape, érodant chaque jour un peu plus les dernières manifestations du vivant.

Franck aurait bien tenté l'aventure en famille : lui, le père et leurs deux ânes. Mais le vieux avait refusé une telle saleté. Ils étaient des hommes, pas question de se comporter en putains de salauds.

« T'en réchapperais pas seul, d'ce désert. Y t'engloutirait, et puis c'est tout.

— Mais ils avancent pas ! Sans parler du gâchis de l'eau qu'on partage.

— J'te suis pas. Mais vas-y donc, danser ton rigodon parmi les sables, si c'est ça qui t'plaît…

— J'dis pas ça ! J'disais juste qu'on est foutrement ralentis, quand même. »

Le père se tut, s'approcha des bêtes et versa à chacune une poignée de paille.

« Mords pas, vingt dieux ! Moi aussi j'en ai marre d'ce Sonora et d'tout l'reste ! »

Désormais, le convoi n'avançait plus que la nuit, afin d'échapper aux fureurs diurnes. Les journées s'écoulaient sous l'ombre discrète des collines et, le soir tombé, les familles marchaient au hasard des étoiles, suivant tantôt la constellation du Centaure, tantôt celle de la Grande Ourse, espérant que l'une des deux les mènerait hors de cet éternel brasier. Nuit après nuit, la caravane d'infortunes s'embourbait dans la mélasse des sables.

À chaque campement, ils se méfiaient de l'éclat brusque d'un canon de fusil, signe que la horde les talonnait. Cette dernière parvenait à survivre en s'adonnant à de menues rapines. Un jour un sac de pommes de terre disparaissait, le lendemain une gourde se volatilisait.

Le leader de la horde commençait à percevoir l'impatience de sa troupe ; les hommes ne se contenteraient plus longtemps de vols aussi fugaces et couards, ils souhaitaient le pillage, la curée, le saccage total. Il sentait peser sur son échine la prunelle dilatée de ses camarades, qui attendaient – tourmentés – l'annonce de l'assaut. Caleb, c'était son nom, songeait au corps de sa petiote, comme sans vie après les coups. Bordel, ça aussi, c'était la vie. Cogner pour ne pas se faire cogner. Le bagne lui avait au moins appris une chose : entre l'enclume et le marteau, bien penser à ne pas laisser traîner son doigt. Si la meute demandait du sang, autant en verser un autre que le sien. La faim, la soif, l'épuisement, la fatigue et la rancœur avaient mené ces gars à leur point de rupture, les dernières bribes d'humanité s'étaient dissipées, ne laissant à l'homme que son squelette de grand canidé.

Trop épuisé pour pouvoir poursuivre, le convoi s'était arrêté à l'entrée d'une falaise dont les flancs s'ouvraient sur un simulacre de caverne. La caravane s'accordait une ou deux journées de repos. Cette halte permettrait peut-être à un détachement de volontaires de trouver une source, ou un trou d'eau à proximité du campement. Et puis il fallait laisser souffler les hommes et les bêtes, sans compter que les enfants se faisaient de plus en plus diaphanes et émaciés à la lumière du jour.

Les familles restantes s'aménagèrent chacune un abri un peu à l'écart. Dans la morosité ambiante, il devenait de plus en plus difficile de supporter l'autre ; c'est ainsi que de petits clans familiaux se reconstituèrent. Dans de rares cas, des individus appartenant au même groupe linguistique se réunirent, fondant leurs deux foyers en un seul. S'ils étaient finalement peu éloignés les uns des autres – parfois quatre cents ou cinq cents mètres seulement séparaient les camps –, cette illusoire distance leur faisait du bien, chacun se voyait libre de panser ses plaies sans subir le regard inquisiteur du voisin.

Quand les préposés à l'eau quittèrent le bivouac afin de sonder les alentours, Caleb sut que le moment était venu.

L'attaque eut lieu une fois le crépuscule installé ; la horde se scinda en deux colonnes. L'une contourna la falaise par la gauche, quand l'autre choisit de s'occuper du jeune couple chinois établi un peu à l'écart. Ils étaient en train de préparer des pousses de soja lorsque les pillards jaillirent de nulle part, s'abattirent sur eux et les égorgèrent. Un meneur, choisi par Caleb, dirigeait silencieusement les opérations. Les hommes mirent la main sur quelques provisions, une médiocre réserve d'eau, ainsi qu'un petit baril de saké.

Pendant ce temps, l'autre groupe – guidé par Caleb en personne – s'attaqua à un clan dont le campement était adossé à un repli de muraille. Ses membres, réunis autour d'un feu, fredonnaient un vieux couplet. Un instant, les hommes hésitèrent, ils avaient aperçu l'enfant, mais un regard de Caleb suffit à les lancer subitement à l'assaut. Au début, la famille resta interdite, devant ces pâles silhouettes courbées qui sortaient de l'herbe. La surprise et l'incompréhension luisaient encore dans leurs yeux, et la lutte ne s'engagea véritablement que quand le père comprit enfin. Ce fut déjà bientôt fini. L'homme avait été neutralisé d'un coup donné en pleine tête, et les suivants furent passés au fil du poignard.

Les plus pressés agrippèrent les quelques victuailles qui se présentaient à eux, les autres bourraient leurs poches de bijoux en toc et de dollars froissés. L'un allait souiller le cadavre encore tiède de la femme quand Caleb lui assena une bourrade dans le ventre.

« On n'a pas le temps pour ce genre de conneries !

— Fiche le camp ! J'fais ce qui m'plaît ! »

Mû par un restant d'honneur ou bien par le souci de préserver son ascendant sur la meute – qui observait en silence la scène –, Caleb s'approcha de l'homme par-derrière, le retourna, et lui trancha la gorge sans autre forme de procès. Le bravache s'effondra au sol, futal aux pieds.

La razzia achevée, la horde rentra dans la nuit, disparaissant aussi furtivement qu'elle était venue. Le campement n'avait rien entendu.

Ce n'est que quand le petit groupe revint de sa croisade – à cet instant décisif où la nuit lutte avec le jour – que le massacre fut découvert. Ils avaient trouvé une mare – moins qu'une source, plus qu'une flaque – et en revenaient avec quelques gourdes remplies d'une eau tiède et saumâtre. Ils avançaient en direction du camp endormi lorsque le vieux s'éloigna afin d'aller uriner un peu à l'écart.

« C'est y pas triste de p'us pouvoir pisser comme un bonhomme… »

Alors qu'il reboutonnait son pantalon d'une main malhabile, il constata que le sable était maculé de petites taches sombres qui devenaient vermeilles sous les premiers rayons du soleil. Suivant la piste, il parvint à la roulotte du couple asiatique, où l'attendait une scène aussi crapule et invraisemblable que les apparats de luxe et les faux sanglots de Guignol. Les deux jeunes Chinois avaient le visage tourné en direction de l'aube, et leurs corps baignaient dans le flot rouge de leurs propres organes.

Le vieux s'agenouilla à côté, les mains tremblantes. Des choses sales, il en avait vu dans son existence, mais ça… Au fond, ce n'est pas qu'il leur ait jamais vraiment adressé la parole, c'était même plutôt l'inverse, il fuyait chaque fois que l'un des deux essayait gentiment de lui parler. Et malgré tout, il se sentait ému, c'étaient de braves gens. Il ne comprenait rien à ce massacre, si ce n'était qu'une fois encore la vie se montrait chienne.

Il allait se relever quand son œil fut attiré par quelque chose qui émergeait du sable. Il s'approcha et, de la main, épousseta la terre jaune pour révéler l'objet : à demi enlisé souriait Bouddha, masse éternellement réjouie, gelée hilare face au massacre. La plénitude de son rire emplissait l'immensité. Ron se pencha, prit la statuette, la dissimula sous ses habits et l'emporta avec lui.

Pendant que le vieux embarquait Bouddha, Franck dirigeait ses pas vers la carriole des Italiens. L'aube était étonnamment calme, et aucun bruit n'émergeait des replis de la nuit ; il était probable que tous dormaient encore, la fatigue s'était faite intense ces derniers jours. À mesure qu'il approchait, Franck découvrait des bouteilles vides et des traces de pas qui s'entremêlaient. Le front couvert d'une légère suée, il accéléra la cadence, et se trouva bientôt à quelques mètres du petit campement. Le cœur cognant, il avait un pressentiment, une intuition encore un peu vague mais déjà palpable. Il fit le tour du chariot et vit l'amoncellement des corps.

La famille avait fait front dans un ultime bloc de souffrance. Le petit garçon paraissait à peine endormi, les joues encore rêches des rudes tannées du soleil, alors que l'aïeule s'était effondrée, dérisoire carcasse de vieille. Le père – crâne pour une fois – avait la tête fracassée de plusieurs coups de crosse. Quant à la femme, elle n'avait rien. Sinon une entaille en pleine poitrine. Ses jupes étaient relevées dans le spectacle obscène de toute chair dévoilée après la mort.

Franck se sentit pâlir. Tout de suite, il rabaissa les jupons et lissa les cheveux défaits, tentant de les arranger du mieux qu'il pouvait. Tremblant, il se redressa. Il ne comprenait plus rien. Son doigt à nouveau lui élançait, et il claqua volontairement sa main contre la paroi rocheuse, espérant réprimer par la douleur la peine ressentie. Il se saisit soudain d'une pelle qui traînait, puis commença à creuser. Des cris lui parvinrent du campement. L'alerte était donnée. On savait. Ça galopait d'un chariot à l'autre. Que s'était-il passé ? Qui avait survécu, qui était mort ? Qu'est-ce qui ou non avait été dérobé ? Indifférent au tumulte, Franck continuait de creuser, sans jamais s'arrêter ni répondre à personne. Pire, même : il repoussait tous ceux qui tentaient de l'aider.

« Franck, c'est fini maint'nant ! L'trou est bien assez profond ! »

Une pelletée de terre atterrit juste à côté du vieux.

« Franck, ça sert plus à rien ! C'qui faut, c'est les réunir, qu'y soient tous ensemble. »

Le fils renifla, s'essuya le visage contre sa manche, et sortit de la fosse. Il y coucha la grand-mère et le mari. Quand ce fut au tour de la femme, il essaya de ne pas la salir davantage, la tenant éloignée le plus possible de sa chemise d'homme en sueur. Puis il plaça le petit garçon entre les bras de sa mère.

Franck chercha à prononcer quelques mots, mais rien ne vint. Jamais sa bouche n'avait su produire de beaux discours, et il se sentait terriblement inutile. Devant le désarroi de son fils, le vieux se pencha au bord du trou. Il ôta son chapeau et parvint à prononcer ces brèves paroles :

« Seigneur, ou qui qu'tu sois ! Accueille-les dans ton paradis. Eux aussi étaient des gens bien. Amen. »

Il prit le bras de Franck qui se laissa faire.

« Allez, viens, on s'en va. »

Ron tourna machinalement la tête vers le chariot de la famille, et aperçut un saucisson et un bocal de pickles, qui avaient survécu au pillage. Il courut les récupérer.

« Ce s'rait gâcher. »

Le fils baissa la tête et ne dit rien.

Deux heures après, le convoi avait repris sa marche.

À force d'errance, ils tombèrent sur un filet d'eau, qui indiquait la fin du Sonora. Quelques jours plus tard, ils étaient à El Grande.

Du convoi, il ne restait que quatre familles et sept chariots.

6.
El Grande, Arizona
Juin 1887

El Grande n'était rien d'autre qu'un rade mal éclairé, petite alvéole de cent cinquante âmes croupissant toute l'année sous l'ardeur du soleil et qui sentait sa gangrène à plein nez.

À l'inverse d'Overton, qui était un lieu de passage, El Grande prônait l'immobilisme. Tout se putréfiait, se faisandait et se gâtait, dans la grandiose indifférence d'une population à l'atavisme de mammifère sur le déclin. Aucune trace de progrès perceptible au sein de ce hameau désertique. Ni poteau télégraphique, ni train, ni journaux. Rien. À tout jamais le grand rien.

Précisons qu'El Grande était une localité peuplée d'individus louches au sang majoritairement mexicain, mais vivant pourtant sur le sol américain. Cela dit, les frontières avaient si souvent été redessinées au cours des années que les ressortissants ignoraient encore à quel pays ils appartenaient. Au fond, tout cela n'avait que peu d'importance ; personne ne traversait jamais la bourgade située à plus de deux cents kilomètres de l'endroit où d'habitude ressurgissaient les caravanes.

Les locaux avaient cessé de croire à l'existence réelle du monde extérieur, et celui-ci n'était qu'une lointaine fable, une légende à peine bonne à relever quand arrivait – on ne savait comment – une gazette indiquant qu'ailleurs des hommes vivaient, mouraient, se battaient, parlaient politique et sport.

La ville se déployait en quinconce. Elle était dénuée de rue principale : une frêle esquisse de ce qui, un jour peut-être, avait tenté d'être une avenue, s'était résignée en chemin à ne pas excéder le grade d'allée.

Les édifices avaient été construits plusieurs décennies auparavant, et il n'était venu à personne l'idée de les rénover, aucun habitant ne s'offusquant de voir des toits s'entrouvrir sur la béance de poutres vermoulues, ou de constater que les bardeaux autrefois peints en blanc faisaient désormais triste mine.

Si la majorité des gens alentour exhibait un goitre – gousset flasque ballottant au gré de la marche –, tous possédaient un long visage chevalin, en partie dissimulé par des cheveux graisseux sottement plaqués sur leurs fronts. Leurs ongles bombés se terminaient sur des cuticules retroussées, minces filaments rougis de chair bourrelée.

Les résidents d'El Grande n'étaient pas en bonne santé, mais ils l'ignoraient puisqu'ils ne voyaient en autrui que le reflet attendu d'eux-mêmes. Ils erraient l'échine ployée, la carcasse excessivement osseuse, la peau bistre recuite au soleil. Gens de rien façonnés par le vent.

L'arrivée imprévue de la caravane avait surpris les habitants, ébranlant leur morne quotidien. L'apparition de ces spectres émaciés aux mains grignotées par le sable parvint à impressionner cette populace rachitique. Les enfants se cachèrent dans les puits, afin d'échapper à la sarabande nouvelle de ces *diablos rojos.* Il fallut quelque temps pour que la petite ville se remette de ses émotions et comprenne pleinement la tragédie qu'avaient vécue les pionniers. On proposa aux voyageurs de se reposer sur place le temps de se refaire.

El Grande ne possédait aucun saloon à proprement parler, ni aucun hôtel. À quoi aurait-il servi dans un patelin sans visiteurs ? Ce qui se rapprochait le plus d'un hébergement provisoire consistait dans l'arrière-salle des deux *cantinas*, ainsi que dans l'ancienne prison, désormais désaffectée.

Trois familles occupèrent le pénitencier, tandis que Franck et son père furent logés dans l'arrière-salle de la plus grande des *cantinas*. Des paillasses leur furent prêtées en échange d'une marmite qui avait résisté au sable.

Durant trois nuits et deux jours, ils dormirent, incapables de se lever ou de se préoccuper de la moindre chose. Ils ne conservèrent d'ailleurs aucun souvenir de ce temps suspendu, si ce n'est d'une main venant régulièrement remplir le broc d'eau auquel, entre deux spasmes, ils s'abreuvaient sans fin. Quitte à en vomir aussitôt une partie au sol, dès qu'ils se recouchaient.

Le vieux émergea en premier de ce sommeil si proche de l'abîme. Il se réveilla un matin, se leva, trouva à tâtons la sortie, et déambula dans les rues. Autour de lui, un alignement de baraques délabrées et de vagues écriteaux rédigés en espagnol. Des bribes d'anglais émergeaient ici et là, mais bien souvent les boutiques se reconnaissaient à leur seule enseigne : fer à cheval pour le maréchal-ferrant, tonnelet pour l'épicier, *pistola* pour l'armurier…

Il s'approcha d'un adolescent assis au seuil de sa demeure, et remarqua tout de suite la déformation des joues due au travail de la chique.

« Z'auriez pas un peu d'tabac ? »

Imperturbable, le jeune continuait à mâcher.

« *Tabaco, por favor?* »

L'adolescent planta ses yeux dans ceux de Ron, les muscles du visage rigoureusement impassibles. Ron n'existait tout simplement pas, il n'était qu'une ombre.

Le vieux allait partir quand un doigt famélique désigna la boucle de sa ceinture.

« J'vais perdre mon froc si j'l'enlève… Mais après tout, pour c'que ça m'touche… »

Il défit son ceinturon et le lui tendit. Le jeune s'en empara et s'en ceignit les hanches, avant de rentrer à l'intérieur du logis.

Ron hésitait, perplexe comme un homme qui ne sait plus trop où est son bon droit, quand le gamin revint avec un sac bourré de tabac à chiquer. D'un signe de tête, le vieux le remercia, prit une chique et se la fourra dans le bec.

Franck s'éveilla quelques heures plus tard, ressuscité par les murmures qui s'échappaient de la *cantina*. Il constata que la couche de son père était vide, et que sa chemise était maculée de salissures se rejoignant par endroits pour former de larges plaques coagulées. Franck se passa la main dans les cheveux, fourragea l'intérieur de sa barbe – aussi rêche que du verre pilé – et parvint à se relever pour s'asseoir en tailleur. Longtemps il demeura la tête calée contre le mur, incapable de rien faire, ni de songer à quoi que ce soit. Il observait vaguement une mouche posée sur la cloison recouverte de chiures, qui indiquaient que les diptères régnaient ici en maîtres depuis des années.

Franck fut sorti de sa torpeur par la voix du père, qui résonna étonnamment fort à ses côtés :

« Comment tu t'sens ?

— Fatigué.

— Comme nous tous. Les Suédois logent en prison, z'ont trouvé la bonne planque, les bougres. Allez viens, reste pas là. »

Franck tenta de se redresser, mais il chuta lourdement au sol et dut s'appuyer sur son père pour se relever. Chacun de ses membres lui élançait, comme si toutes les épines de tous ces foutus cactus s'étaient logées dans sa moelle. Tous deux pénétrèrent dans la salle principale, composée d'un comptoir en zinc et de petites tables parsemées ici et là. La salle, conçue pour accueillir une cinquantaine de personnes, n'était pleine que d'une poignée d'habitués, des gars en train de cuver leur cancer du foie en sirotant des verres de mezcal. Des traces de peinture bleue zébraient encore par endroits les murs ; le reste alternait entre le blanc du salpêtre et le noir forci de la moisissure. Et partout, ces omniprésentes ponctuations argentines, véritables dysenteries d'insectes.

Derrière le comptoir, quatre ou cinq bouteilles étaient placées en évidence, tandis qu'un bocal d'œufs au vinaigre trônait bêtement sur le zinc.

« *Dos cervezas.*

— J'ai pas soif.

— Faut qu'tu prennes des forces, et t'es clairement pas en veine de goûter à leur tambouille. »

Franck s'obligea à avaler une gorgée, rapidement suivie d'une deuxième. Il plongea son regard dans la boisson jaune, imaginant une minuscule barque naviguant sur l'écume houleuse du houblon. Il prit machinalement un œuf et y planta ses dents. Entre deux bouchées, on l'entendit murmurer :

« Faut retrouver ces salauds. »

Le père ne répondit rien, exprimant à sa manière le refus de remuer tout ce bordel.

Les autres survivants – suédois, français et américains – tentaient, tant que faire se pouvait, de reprendre un peu pied dans la « normalité ». Tous arboraient une face exsangue, parfois rehaussée d'un maigre sourire quand ils se rappelaient qu'après tout ils s'en étaient sortis vivants. L'inhumaine traversée était désormais derrière eux. La plaie restait à vif, on se contenta de mettre un bandage dessus.

Les Français furent les premiers à repartir. Ils firent leurs adieux un soir que la lune était pleine, expliquant leur envie de retourner en Europe, dégoûtés qu'ils étaient du rêve américain. Ils s'imaginaient déjà arpentant les rives boisées des bords de Seine. Ils parlaient sans cesse des châteaux aux hautes grilles et de leurs tours gentiment penchées sur la verte campagne. Des foutaises, tout cela, et ils le savaient bien.

Les Suédois décidèrent quant à eux de s'établir, du moins pour l'instant, à El Grande. Ils ne se sentaient tout simplement pas la force de continuer le voyage, et préféraient s'ancrer ici le temps que cicatrisent leurs blessures. À dire vrai, ils étaient incapables de braver le Sonora. La simple idée de fouler à nouveau ses vastes étendues leur filait une chiasse pas possible.

Franck et l'autre famille s'arrangèrent pour louer les services d'un habitant qui affirmait pouvoir les mener jusqu'à Casa Grande, situé sur la route de Phoenix. La ville n'était qu'à dix jours de marche, et le passeur s'engageait même à fournir les bêtes, en échange de leurs tout derniers dollars. Une fois parvenues à Casa Grande, les deux familles se sépareraient. L'une comptait rejoindre Phoenix, le duo père-fils espérait atteindre les terres de Black Mesa.

7.
Casa Grande, Arizona
Juillet-octobre 1887

La marche reprit sous un ciel strié de rose et de gris. Père et fils ne surent jamais que leur départ coïncida de peu avec l'arrivée en ville de Caleb. Cela dit, El Grande ne fut pas ce que l'on peut appeler un séjour heureux pour ce dernier qui – séance tenante – fut expédié dans l'au-delà. Son corps se balançait mollement à la branche d'un gaïac – le seul arbre encore debout à El Grande –, parfois un vautour se posait sur son épaule et fouillait de son bec la profondeur des orbites, secouant ses ailes quand un ligament résistait. Le témoignage des Suédois avait suffi, les habitants ne tenant pas en grande estime les procédures. Pour eux, un procès réussi était un procès bref. Si possible avec une pendaison à la fin.

La traversée jusqu'à Casa Grande fut des plus prompte : le guide savait s'orienter à travers les bancs de sable. À bon port, les deux familles restantes se séparèrent avec une certaine gaucherie. Le camp américain, encore groggy de l'entreprise ; la lignée française violemment désabusée par ces âneries de Grand Ouest. Une pauvre pampa, oui ! On ne se promit pas de se revoir, encore moins de s'écrire ; ils étaient rincés, dégoûtés de tout, et surtout d'eux-mêmes.

Le vieux avait gloussé face à la pancarte dressée devant les premières bâtisses :

« Décidément, chaque rade s'appelle "Grande", dans l'coin… »

Sauf qu'à l'inverse de l'autre bouge, le bourg se faisait ici un peu plus réel, et un peu moins spectral. Huit mille quatre cents habitants – pas encore une grande cité, mais déjà un début d'enracinement. Quelque chose de presque civilisé. Un aparté dans le désert.

Ils y restèrent plus de deux mois, le temps de se refaire. Le fils louait ses bras à la manufacture, où il était payé cinq cents de l'heure à rouler des bobines. Le père, en revanche, eut plus de mal à trouver une place, et il traîna sa carcasse une quinzaine de jours avant d'être embauché comme camelot. Il n'était pas vraiment payé, mais cela lui donnait tout du moins une contenance. Il déambulait en ville, agitait une clochette en poussant son chariot, et réveillait en sursaut les chiens endormis – à croire qu'il devenait vicieux.

Chaque matin, Ron s'en allait revendre des navets, des montres, et d'autres menus objets à l'origine douteuse ; Franck retrouvait ses bobines. Il avait le tournis à regarder le rouet sans fin des machines, et il imaginait souvent le spectacle de membres sectionnés.

La main-d'œuvre dans les fabriques était essentiellement féminine, et il supportait mal les regards en coin, les œillades et autres fanfreluches destinées à attirer son attention. Dans sa tête, il était encore avec *elle*, son Italienne, laissée dans les sables du Sonora. En revanche, les autres types de l'atelier jalousaient son succès, et Franck dut parfois se défendre. Il distribua un ou deux gnons, en reçut quelques-uns, et tout rentra dans l'ordre.

Il se fit un ami parmi les gars de la mercerie, un Irlandais au visage gangrené de taches de son et à la carcasse en forme de clou. Quelquefois, ils se payaient une bière au comptoir, et Shane lui contait ses déboires, sa femme qui était partie, le mal de son pays, ce désir un peu extravagant de voir des terres qu'il ne connaissait pas. Franck écoutait et ne disait rien. Il n'était pas certain de toujours bien comprendre, mais enfin, il avait un ami, et même si celui-ci déblatérait comme une locomotive emballée, il s'en accommodait.

Le père finit par gagner sa croûte. Fier de ses gains, il s'offrit le luxe d'une fille de bordel ; il en ressortit avec une garce de chtouille. L'escapade lui coûta le prix de la putain, plus deux dollars et quarante cents pour la consultation du docteur, plus le dollar dédié à l'achat de potions miracles – qui, évidemment, n'y firent rien… Pragmatique, le vieux résuma : « À ce compte-là, autant baiser une chèvre. »

Le soir, ils se retrouvaient au Majestic pour partager une soupe, souvent tiède, et regarder le vent disperser les détritus à travers la ville. Étrangement, les deux hommes n'étaient pas pressés de rejoindre Black Mesa. Leur terre était là, quasi proche, à plusieurs jours de marche – rien après la traversée du Sonora. Autant prendre leur temps, ils n'étaient plus à ça près.

Un dimanche de pluie, Franck et Shane étaient en train d'enchaîner les verres dans le vieux saloon aux murs humides tandis que, à côté d'eux, des camelots désœuvrés jouaient aux cartes et misaient leurs derniers cents dans l'espoir d'un dérisoire jackpot. Au sol, des flaques s'assombrissaient sous les manteaux des joueurs, et le séquoia imbibé prenait par endroits des teintes de colle à bois. L'Irlandais s'enlevait une écharde fichée dans une main quand il se tourna vers Franck.

« Et qu'est-ce que tu vas en faire, de ta terre ?

— Ch'ais pas encore. Un truc bien, une belle ferme… »

Shane jeta l'esquille et poursuivit :

« En Irlande, les terres sont foutrement fertiles. »

Franck baissa la tête et siffla son gin.

« C'est ces salauds d'Anglais qui ont tout fait pour tuer notre peuple ! »

Le fils continuait de jouer avec le liquide incolore dans son verre, quand soudain il se lança :

« Tu voudrais pas v'nir avec nous ? »

Shane resta un instant silencieux, se contentant de cligner rapidement des yeux.

« Venir où ?

— Chez moi ! Tu pourrais m'aider à cultiver. À trois, ce s'rait plus facile. Et puis l'père commence à s'faire vieux. »

Gêné, Shane but une longue rasade avant de répondre :

« C'est que c'est chez moi, ici… Enfin, le temps de cotiser assez pour retourner en Irlande.

— C'est bien… »

Déçu, Franck se laissa glisser de son tabouret, paya les deux consommations et sortit sous l'averse.

Le soir même, alors qu'ils avalaient leur habituelle soupe, Franck dit au père :

« Y veut pas nous accompagner. »

Le vieux grogna.

« Le greenie ? Qu'est-ce t'as b'soin d'ce lutin vert ?

— On n'aurait pas été trop d'trois pour bien trimer !

— L'est sec, de toute manière… Il aurait pas t'nu deux jours dans les champs, c'est moi qui t'le dis. »

Bon gré mal gré, ils parvinrent au bout de neuf semaines à réunir assez de dollars pour acheter le strict nécessaire à leur installation ; certes, pas de quoi bâtir une ferme modèle ou une demeure à pignon, mais ils disposaient désormais de suffisamment de clous et de planches pour se construire quelque chose à mi-chemin de l'étable et de l'auge. Franck dépensa ses derniers dollars dans l'achat d'un pantalon et d'une veste, car le Sonora avait eu raison de ses frusques. Plus modeste, le père se contenta de marchander une petite provision de tabac à chiquer, ainsi qu'un sac en toile de jute pour y fourrer Bouddha. Quand son fils s'endormait, il le sortait de ses chiffons et l'observait, jusqu'à ce que ses yeux s'humectent de fatigue, et que ses paupières papillotent tel un phare un soir de tempête.

Sans se l'avouer, tous deux s'interrogeaient sur leur possible survie sur des terres encore vierges et jamais cultivées, alors même qu'octobre s'en venait. Dans quel état trouveraient-ils la concession ? Y aurait-il des arbres pour retenir l'eau des pluies ? Des voisins pour leur prêter main-forte ? Chacun s'imaginait un pastel aux paysages troubles : tantôt fixes, tantôt changeants. Vert pâle pour Franck, châtain-ocre pour Ron.

La veille du départ, Franck s'était copieusement saoulé avec Shane. À eux deux, ils avaient brisé une chaise et pas mal salopé le comptoir, dégueulant un peu partout dans la grande salle du saloon. La véritable tequila – importée du Mexique ou presque – se mêlait à une infâme binouze, et l'ensemble formait comme un petit lac sombre absorbé par les manches des buveurs. Les deux hommes ne se rendant plus compte de ce qu'ils avalaient, le personnel en avait profité pour vider ses stocks de whisky frelaté.

Franck ne savait plus s'il pleurait de joie ou de tristesse. Tantôt il semblait hoqueter sous le coup d'un bonheur proche, tantôt il grimaçait comme si l'on avait glissé du citron dans sa boisson. Aux premières lueurs de l'aube, Shane et Franck tombèrent dans les bras l'un de l'autre et échangèrent plusieurs propos alcoolisés, dont une promesse de toujours penser l'un à l'autre.

Et père et fils reprirent la route du désert, une toute dernière fois. Ce n'était d'ailleurs plus véritablement le Sonora, seulement son ombre amoindrie. Désormais, des *ironwoods* parsemaient le paysage de leurs longues franges, et une buse rousse lâchait, anxieuse, une fiente chaque fois qu'elle croisait autre chose qu'un coyote ou un pécari.

Franck ressentait à nouveau des élancements à la main gauche. La peau s'était racornie sous la brûlure du sable, et son moignon prenait la teinte et la consistance d'une vieille écorce. Comme s'il était là depuis les débuts du monde, stigmate des temps anciens qu'il fallait réapprivoiser.

Quant à Ron, il retournait à son mutisme. Ses pensées couvaient aussi sourdement que l'insecte ou le paludisme. « Le père tourne caïman », se disait parfois Franck, la cuillère de haricots à mi-chemin entre l'assiette et la bouche.

Le voyage était bien moins pénible, délaissant progressivement les régions désertiques pour s'ancrer de plus en plus dans un environnement de steppes semi-arides où, ici et là, des jaillissements de graminées venaient ponctuer l'horizon.

Soudain, l'air souleva un bruissement inattendu, quelque chose d'aussi fluide et alerte qu'un crotale. Père et fils se regardèrent, haussèrent les épaules et reprirent leur marche dans le soir uniquement peuplé du vent ordinaire. Ils campèrent pour la nuit dans un coin de verdure, la prairie offrant une couche plus moelleuse que le grabat de leur dernier hôtel. Ron se réveilla, comme giflé en pleine face par un murmure, entre le sifflement et le nasillement. Une sensation irritante comme en procure un verre qui se brise. Instinctivement, il se recroquevilla encore plus profondément sous ses couvertures.

Ils s'éveillèrent le lendemain alors que l'aurore s'estompait pour laisser place au bleu argentin du jour. Franck raviva les braises, mit la cafetière sur le feu et se leva pour se saisir d'une miche, quand il constata que les herbes à proximité du brasier étaient légèrement aplaties, comme si elles venaient tout juste d'être foulées. Posant un genou à terre, il était en train d'étudier le sol lorsque derrière lui un cri retentit, immédiatement suivi d'une bourrade. Il n'eut pas le temps de se retourner.

« Qu'est-ce que t'en as fait ? »

Le père était debout, les jambes rivées au sol, le dos étonnamment droit et les traits du visage crispés.

« Pa ?!

— Réponds, bougre d'idiot !

— Mais de quoi tu parles ?

— D'la statue ! »

Malgré le regard interdit de Franck, le père reprit de plus belle, postillonnant de rage et agrippant avec violence l'avant-bras de son fils :

« Où qu'tu l'as mise ?

— Arrête ça, j'y ai pas touché à ta saloperie de statue ! »

La poigne du père ne se desserrait pas ; au contraire, elle se fit étau. Franck sentit les veinules se comprimer sous sa peau et ses muscles frémir d'un léger spasme. Puis, sans que rien vienne l'expliquer, Ron relâcha la pression, et sa main retomba mollement le long de son corps. L'homme était vidé. Le duo continua sa route dans un silence glacial.

À compter de ce jour, ils n'eurent plus jamais le sentiment de cheminer seuls. Bien au contraire, ils avaient la désagréable sensation que quelqu'un, ou quelque chose, les suivait. La menace était tantôt proche, tantôt lointaine, aussi fugace et insaisissable qu'un coup de vent.

Dans un premier temps, Franck et son père gardèrent leurs impressions pour eux – chacun encore fâchés de la bouderie de l'autre –, mais, au fur et à mesure que se profilait l'ombre bédouine de la nuit, ils se rapprochèrent de leurs bêtes, rassurés de cette bonne chaleur animale, et bercés du pas lent et mesuré des ânes. Le soir même, ils firent un feu, osant à peine s'éloigner de quelques mètres pour ramasser les brindilles nécessaires à son entretien. Les bagages entassés auprès d'eux formaient une dérisoire muraille de chiffons qui suffisait néanmoins à les rasséréner un peu, et, pour se donner une contenance, Franck ne cessait de se curer les ongles avec la lame de son Bowie, tandis que son père se perdait dans la gigue mouvementée et toujours renaissante des flammes, qui se changeaient en femmes frivoles ou en bougresses indécises. De temps en temps, il revenait à lui. Il avançait ses paumes comme pour saisir un élément qui, sans arrêt, fuyait la main tendue. Après une lente agonie traversée d'ultimes sursauts, le feu glaviotta encore une maigre flamme, puis s'éteignit.

Ils finirent par s'assoupir. À leur réveil, ils s'aperçurent qu'une gibecière avait disparu. Médusé, le fils tenta un début d'explication :

« C'est p'têt un bestiau, un rat ou un dingo qui s'est barré avec… »

Ron l'interrompit :

« Un bestiau qui collectionnerait les goussets ? Bon Dieu, non ! Y a une saloperie qui traîne et qui nous lâche pas ! »

Tout au long du jour, une petite mélodie se fit entendre à leur arrière, un air faussement taquin et aussi poisseux qu'un crachat collé à la botte de l'ivrogne. De temps à autre, une lointaine détonation retentissait, et une nuée de vautours prenait son envol juste au-dessus de leur tête ; des plumes noires retombaient alors sur eux. D'autres fois, ils trouvaient une charogne éventrée le long de la piste. Ce n'était pas un quelconque animal crevé par la chaleur mais bien une mise en scène élaborée : le ruban des viscères déployait sa partition, tandis que les organes étaient minutieusement exposés autour du corps. Une véritable cochonnerie, un massacre rougeoyant sans aucun bon sens. Quelquefois, c'était un buisson enflammé qui égayait un embranchement, avec à son sommet leurs affaires subtilisées finissant de se consumer.

Le message se voulait clair, et pourtant ils ne saisissaient rien. Pourquoi se donner un tel mal alors qu'une balle dans la tête était si promptement expédiée ? Silence. Black-out. Fin des emmerdes.

Ils s'étaient couchés sans rien déballer de leur maigre paquetage. Franck surprit le vieux à faire des pâtés de sable, pendant que la lueur du foyer rougissait son visage concentré. Il avait légèrement mouillé le fin gravier, afin que celui-ci s'agglutine mieux, et il s'efforçait d'enfanter une boule ronde, surmontée d'une plus petite. Ron était en train de recréer Bouddha, et alors qu'il était absorbé dans cette tâche – indifférent à tout le reste –, l'étrange mélodie reprit. Inexplicable et anesthésique berceuse, guidant le vieil homme dans son travail de parturition.

Franck posa les yeux sur ses habits, qui partaient en lambeaux. L'étoffe avait pu être grise, ou bleue, il ne s'en souvenait plus et se sentait vidé de son énergie. Après tout, pour ce qu'il s'en fichait d'être dépouillé... Au contraire, qu'ils viennent ! Qu'ils viennent et mettent fin à ce tourment insensé.

Le fils finit par s'endormir, plus proche de l'anéantissement que du sommeil.

Le soleil n'était pas encore à son milieu qu'à nouveau se fit entendre la même comptine, plus proche cette fois, et semblant émaner des hauteurs. Ils levèrent les yeux et les aperçurent enfin, sur le mamelon herbeux qui dominait la piste : une douzaine d'hommes montés sur des mustangs. Tous avaient un teint de brique et des pommettes saillantes.

Une sueur froide coula le long des omoplates de Franck. C'étaient des Hopis. Ses membres se contractèrent et sa gorge devint sèche ; il fouillait sa mémoire. Lui revinrent les récits des journaux bon marché : scalps, tétons arrachés, oreilles sectionnées... Et d'autres horreurs par-dessus le marché, indicibles celles-là. Il fut sorti de ses pensées par les braillements du père :

« C'est eux ! C'est eux qui m'l'ont prise !

— Pa, arrête ça ! »

Les Indiens regardaient ces deux hommes parcourir l'air de rien leurs terres. Menaçants dans leur immobilité, ils jugeaient au flair ces migrants. On les sentait las et dégoûtés. L'ensemble formait une masse loqueteuse, certains étaient vêtus de guenilles quand d'autres portaient l'uniforme lapis de l'armée mexicaine. Quelques-uns étaient à moitié nus, la peau cousue de vieilles blessures, ou jaspée d'anciennes traces de gale. Le regard de Franck se porta sur le manchon en loutre qui ceignait les parties génitales d'un homme entre deux âges. Décidément, ils ressemblaient à un ramassis d'épouvantails en partance pour l'au-delà.

Celui qui paraissait être le chef tira légèrement sur les rênes, et tous disparurent derrière la colline quand, pris d'un coup de folie, le vieux se mit à courir vers eux, beuglant qu'on lui rende son Bouddha. C'est tout juste si Franck eut le temps de le plaquer au sol et de le retenir de force, en comprimant du poing sa jugulaire. Le père poussa un dernier cri avant que sa révolte ne se résolve en sanglots. Franck caressa les cheveux emmêlés, rares fils collés par la poisse, le sable et la sueur.

« Là, là, c'est rien, c'est rien, Pa. On le retrouvera, t'en fais pas pour ça... »

Les derniers jours de traversée auraient pu – auraient dû – être simples ; ils se muèrent en chemin de croix. Le père refusait de boire et de s'alimenter. Il était obsédé. Prostré, se traînant à peine ou bondissant soudain à travers la lande, il s'esclaffait comme un possédé quand la flûte des Hopis se faisait de nouveau entendre, magique halètement du peuple des plaines. Franck s'inquiétait et n'osait plus s'assoupir, de peur que le vieux ne s'échappe et ne disparaisse dans la nuit, s'engouffrant dans le piège sans nom des Indiens.

Un soir où Ron était plus agité encore, Franck se décida à l'attacher à un restant d'érable frappé par la foudre. Il lui parlait tout en serrant les cordes :

« Tu comprends ? J'le fais pour ton bien. Dehors, les gars là-bas, ce s'rait pas correct de les rencontrer dans leur savane. »

Le fils prit le visage du père entre ses mains, sondant l'intérieur des pupilles. Mais rien. Rien d'autre que le vide. Le désert sous la paupière.

« Pa, reviens. Où est-ce que t'es ? »

Franck eut un maigre espoir en voyant tressaillir la commissure des lèvres. Il n'en sortit qu'un long chuintement, qui s'amplifia graduellement pour parvenir au rire hideux de l'homme qui souffre. Écrasé de douleur, le fils s'endormit.

Le père se réveilla. Face à lui, le visage d'un jeune type accroupi. La peau lisse et le torse imberbe, il portait une veste en velours élimé sur un pantalon de confection artisanale. Une odeur effroyable se dégageait des peaux mal tannées, et les os d'un petit animal – peut-être les restes d'une souris du désert – étaient cousus à même la flanelle. Le visage laqué de noir et d'ocre, l'Indien contemplait le vieil homme. Il sortit de la poche intérieure de son caban une petite lame incurvée, qu'il pointa sur la joue de Ron. Avec minutie, il lui fit deux minces entailles de chaque côté.

Si sa dernière heure était venue, le père s'en moquait. C'est à peine s'il ressentait un pincement au cœur pour son fils. De toute manière, il n'était plus bien sûr d'exister encore. Ron ferma les yeux, sentit les étoiles tourner à rebours dans le ciel et sombra.

Le soleil émergeait déjà de la colline, et un charognard pillait leurs provisions. L'oiseau boitillait, et son bec ne cessait de s'accrocher aux courroies du sac ; il se débattit un long instant avec la besace, avant de renoncer. Ron s'aperçut qu'une petite silhouette s'échappait de la toile de jute : le dieu était revenu. Le père déglutit, s'aida de ses jambes pour ramener à lui la statuette, et se rendormit. Il ne s'en était pas aperçu tout de suite, mais Bouddha était vêtu d'étranges haillons, et deux traits ocre ornaient désormais ses joues.

Quand Franck s'éveilla, il vit immédiatement que son fusil avait été remplacé par un merlin. Le père était en train de faire bouillir le café dans une casserole.

« Pa ?! Tu n'as rien ?

— Bah non.

— Ils t'ont détaché ?

— Non, ça, c'est toi qui sais rien fiche de tes doigts. T'avais mal noué la corde. »

Il reprit après un bref silence.

« Ils me l'ont rendu… Et que'que chose m'dit qu'on n'les r'verra plus.

— Mais… Pa, tes joues ! Qu'est-ce qu'ils t'ont fait ? »

Le père effleura de ses doigts les entailles, puis hocha la tête en direction de la statue.

« J'en sais foutre rien, mais j'crois bien qu'ils lui ont fait la même. »

Trois jours plus tard, ils parvenaient à Black Mesa.

8.
Black Mesa, Arizona
Octobre 1887

Il n'y avait rien. Rien d'autre que le vide à perte de vue. Royaume uniquement constitué de sable, épiscopat avec pour seuls fidèles un conglomérat de caillasses. Certes, ils ne s'attendaient pas à trouver une ferme modèle, mais jamais ils n'avaient envisagé une telle désolation. Quand la nuit tombait sur la terre ascétique, on aurait juré qu'un linceul venait de s'étendre sur le monde, et que jamais plus le soleil ne se lèverait.

Après ces six longs mois de traversée, l'issue paraissait un peu rude et, disons-le franchement, ressemblait à une cochonnerie de première. Un enculage qui pouvait se résumer ainsi dans la bouche du père : « Eh ben... Y s'sont pas foutus d'ta gueule ! »

Pour ajouter un désagrément à cette désillusion, une mouche choisit ce moment pour bourdonner autour d'eux. Il ne fallut pas plus de quelques secondes avant que l'insecte ne soit brutalement écrasé entre les paumes de Ron, et sa chair réduite en glu sombre sous les ricanements satisfaits du père.

« Un de moins ! »

Franck mit un certain temps à saisir que ce néant était désormais le sien. Pour survivre à cela, il ne fallait qu'une chose, mais celle-ci était colossale : accepter cette terre. Et pas qu'à moitié. Il fallait l'absorber totalement, se couler dedans ; sentir et comprendre ses rudesses, admettre ses duretés, son marasme, sa veulerie... Devenir buvard et accepter les rafales qui mugiraient quand tout serait noir. Faire siennes les gelées torves des nuits brutales quand l'hiver s'épancherait en lavis sur les pâturages.

S'il voulait durer, Franck ne devait tolérer aucune critique, et refuser que quiconque émette la moindre raillerie. Il ne devait laisser aucune prise au doute, car la plus petite des entailles conduirait immanquablement au découragement, à la ruine, et pour finir à la corde.

La terre pouvait s'envisager comme un gigantesque quadrilatère d'un kilomètre et demi de long sur un kilomètre et demi de large. À elle seule, elle introduisait la géométrie dans le paysage, le cadastre étant une jonglerie contre nature, qui ordonne en parcelles délimitées le fouillis du vivant. Désormais, n'importe quel lézard traversant les terres de sa démarche incertaine serait au mieux l'hôte toléré de Franck, au pire une nuisance. L'homme a besoin d'organiser la nature autour de lui, la gratuité ne peut exister pour le propriétaire : chaque gravillon, chaque étamine, chaque tronc noueux devient détenteur d'une valeur pécuniaire. Rien n'est gratuit, tout a un prix. Et selon les limites intangibles du foncier, le nord de la parcelle était bordé d'une piteuse barrière de verdure quand l'est était fermé par des fossés aussi profonds qu'une gorge de géant.

Franck se dit qu'il y avait quelque chose à faire avec ces boyaux naturels ; peut-être était-il possible de les bitumer afin de les transformer en réservoirs, en prévision des inévitables sécheresses. Ce serait à étudier pour plus tard.

Au sud et à l'ouest, rien à signaler, à part une terre parcourue de veinules d'un brun jaune, et constellée de bourrelets pierreux faisant songer à des grumeaux. Comme si elle avait régurgité – tout du long d'un interminable spasme – un lait caillé qui avait séché en boulettes de calcaire.

Père et fils décidèrent de construire leur cabane près du cordon des arbres : du moins auraient-ils de l'ombre lors des fortes chaleurs de l'été. Et puis cette bordure forestière était rassurante, elle matérialisait la vie possible, la vie malgré tout. Franck esquissa le plan de la maison, amorçant l'ébauche d'un parallélépipède un peu gauche. Deux carrés symbolisaient les fenêtres quand la porte était représentée par un rectangle austère. Il dessina un semblant d'allée sur les devants ; bientôt y fleuriraient quelques pervenches ou une litanie de glaïeuls. Enfin, si ces espèces étaient compatibles avec le climat. Au fond, Franck n'en savait rien, mais il lui paraissait important de se raccrocher à ce genre de détails, afin de visualiser un avenir qui ne soit pas uniquement fait de rudesse et de stérilité.

Le lendemain, il entreprit de délester la carriole des différents outils et planches, jusque-là entassés dans un confus désordre. Il crut avoir égaré le sac contenant les clous et les rivets et s'apprêtait à déverser sa haine sur le vieux lorsqu'il retrouva soudain le sac dissimulé entre deux bardeaux. Le fils finit de décharger les lattes et les disposa à même le sol, s'évertuant à former un tas présentable, tandis que le père restait assis par terre, le crâne rougissant au soleil.

Quand Franck eut terminé, il tâta le bois, secoua la tête de gauche à droite, et lâcha un soupir.

« Il en faudra d'autres, elles s'ront pas suffisantes pour l'ossature.

— Ton bois, tu l'coupes tout seul…

— Dans c'cas, on n'aura pas de toit, et puis c'est baste. »

Ils regardèrent le vent tracer d'éphémères motifs dans le sable, aussitôt remplacés par de nouvelles arabesques tout aussi volatiles. Franck se saisit d'une hache, maugréant – décidément le vieux le faisait bien chier –, et il se dirigea d'un pas énergique vers le fourré, choisit un palo verde au tronc sain et vigoureux, et commença la besogne. Le soir était depuis longtemps tombé qu'il cognait encore.

La lanterne à côté de lui créait des ombres aussi monstrueuses que les ligaments dénudés d'un poulpe pris dans les turbines d'un navire. Au-dessus de lui, un engoulevent hululait en vain.

À eux deux, ils mirent trois semaines pour bâtir leur chaumière. Ils rivèrent entre elles les planches à l'aide de clous solides. Franck souhaitait que cet assemblage soit plus qu'une simple cabane. Petite chose sommaire, la demeure n'était, *in fine,* pourtant rien d'autre qu'un cube avec deux carrés s'ouvrant sur le vide ; le vitrage des fenêtres s'était révélé trop cher. Par ailleurs, le fils ayant oublié de se procurer des charnières, la masure ne disposait même pas d'une véritable porte. En désespoir de cause, il avait bricolé un système : elle tenait grâce à une lanière de cuir. Il voulait plus que jamais construire « solide ». Le père, lui, s'il n'avait craint la réaction de Franck, aurait pu pisser contre les murs.

Au début, les deux hommes ne possédaient aucun meuble ; c'est à peine s'ils disposaient d'un réchaud cabossé et d'une soupière à demi éventrée. La nuit, ils campaient sur le plancher et, quand le temps se faisait trop sombre ou trop froid, ils allumaient un feu à l'intérieur de la cabane, au grand désespoir du plus jeune, qui constatait qu'une suie sale noircissait déjà le bois clair des murs.

Franck avait missionné Ron pour qu'il s'attelle à la fabrication du mobilier, mais face à l'évidente mauvaise volonté du vieux, qui taillait un meuble avec la même grâce que s'il évidait un poulet, il s'en chargea également. Il fabriqua deux ou trois chaises, plusieurs tabourets, et bâtit un lit pour deux. Un rectangle tout juste dégrossi servait de table quand une souche grossièrement polie offrait le luxe d'un guéridon improvisé. Franck avait – franche coquetterie – confectionné des rideaux à partir d'un sac d'orge. Ce n'était certes pas une maison de poupées, encore moins un palace, mais c'était à eux. Ils avaient un toit, quatre murs, un plancher. Ce n'était déjà pas si mal, et tout le monde ne pouvait pas en dire autant.

Pendant que son fils s'occupait des meubles, Ron avait repéré un coin suffisamment arable pour y faire pousser quelque chose, et commença à creuser des sillons pour le prochain ensemencement, qui ne pourrait avoir lieu avant plusieurs semaines.

Il déblaya aussi certains hectares qui paraissaient propices à la culture mais qui, pour l'instant, étouffaient sous un amoncellement de rochers. Le père se sentait mieux à l'extérieur qu'à l'intérieur du cabanon ; il préférait trimer sous l'ardeur du soleil plutôt que de s'enfermer dans ce sarcophage mal bâti et dénué d'histoire.

Il arrivait qu'il remplisse un seau d'une eau trouble et y observe, l'air un peu absent, les nouveaux stigmates gravés sur ses joues. Étrangement nets, ils lui donnaient un air apache. Au fond, il se demandait pourquoi. Ce cirque allait-il changer quelque chose pour lui ? Peut-être tout. Peut-être rien. C'était sans doute ça le pire. Avoir été marqué sans raison. Par jeu. Par moquerie. Juste comme ça. Parce que rien n'a de sens. Et baste !

Depuis un mois qu'ils étaient à Black Mesa, peu de choses avaient évolué, si n'était que leurs réserves pour l'hiver leur semblaient tout à coup bien maigres. Pour y remédier, le père passait de longues heures à dégommer les porcs-épics du voisinage, s'essayant même à saler de l'iguane, au cas où ils viendraient à connaître des jours d'extrême nécessité.

Doucement, novembre s'en venait, et si les journées étaient toujours aussi chaudes, le soir relayait ses premières menaces, obligeant les deux hommes à se coller l'un à l'autre afin de se donner un peu de chaleur. Malgré le froid, le père poussait parfois les couvertures, et se levait. Seul dans le noir, il arpentait la pièce, le cerveau empli d'idées inabouties, et l'œil se perdant dans les nuits blêmes du Sonora.

9.
Black Mesa, Arizona
Janvier 1888

L'hiver s'en était finalement venu, apportant avec lui ses bouffées languissantes et ses soirées obscures. La terre tarie s'emmitouflait d'une lévite stérile, et les vautours s'étaient tus.

Franck s'assit, saisit une poignée d'argile, la malaxa entre ses doigts avant de laisser le sable s'écouler et retourner à la terre. Il essuya sa main sur sa chemise et prit le temps de boire une gorgée de pur malt au goulot. La vie était décidément chienne, une vraie gueuse. Jamais complaisante, toujours retorse. Il finit la bouteille et tapa d'un coup sec sur le culot, pour avaler les dernières gouttes.

Ils s'échinaient à fouiller le sol depuis plusieurs mois, le maternant constamment et l'abreuvant sans cesse d'une eau tiède et jaunie. Tout ça en vain. Rien ne poussait. Ni les salades, ni les concombres, ni les melons. Parfois, ils tombaient sur un tesson de poterie, pauvre glaise cuite bariolée de motifs chevronnés. Ils le foutaient en l'air et n'y pensaient plus.

La journée, ils crevaient de chaud, et la nuit ils gelaient sur place, portant leurs mains rougies à leur bouche pour tenter de faire circuler le sang. Les promesses de l'Ouest se transformaient en culs-de-sac, l'immense traversée n'avait rien donné. Mais Franck refusait d'admettre que cette terre qu'il avait si chèrement achetée resterait sourde à ses prières. Il parviendrait bien à lui faire produire quelque chose, même s'il devait pour cela la tenailler au forceps.

Le pire était que la vie, foisonnante et multiple, existait ailleurs, puisque les fleurs sauvages prospéraient, les nuisibles rampaient, s'entre-dévorant et se répandant sous l'aiguillon du rut. La nature était dans le nid d'un roitelet, dans le gîte toujours plein d'un lièvre, dans le murmure du ruisseau qui écoulait sa rare indolence. Mais rien ne croissait sur les parcelles de Franck. Et si par miracle un frêle bourgeon émergeait du sol, ce n'était qu'un pauvre potage déjà blême et précocement exténué, qui ne demandait qu'à mourir.

Pourtant, Franck passait ses nuits et ses jours à veiller sur ces avortons de culture : il leur parlait, les encourageait, les rassurait. À ce souvenir qui l'humiliait tant, le fils broya entre ses mains les pétales d'une fleur sauvage qui se trouvait à quelques pieds de lui et qui l'éblouissait de sa lourde sensualité de sardanapale épanoui sans l'aide de rien ni personne. La sève colora de mauve le bout de son moignon. Franck se sentit profondément las, son grand corps se voûta, et il se mit à pleurer dans la nuit sourde.

Le père voyait bien que l'entreprise n'était rien d'autre qu'une débâcle colossale. Un naufrage en règle, sans canot ni pompe de secours. Une banqueroute formidable avec cessation définitive des paiements, l'aventure n'aboutissant qu'aux terre-pleins du cimetière. Désemparé, Ron sentit qu'il fallait à tout prix parler à son fils, lui dire que, tant pis, ils avaient essayé, et que maintenant était venu le temps de refaire leurs baluchons et de repartir en sens inverse. La « Windy City » lui manquait – il avait encore l'odeur du mascaret dans les narines et le chambard de la corne de brume dans les oreilles –, mais il n'était pas certain que Franck résisterait à pareil coup. Alors, il ne disait rien, et regardait les jours succéder aux nuits avec pour seule promesse la même écœurante stérilité que la veille.

Un soir que le vieux revenait de leurs terres, il trouva son fils étendu en travers du lit et semblable à un gisant souffreteux de pierre pâle.

« Ça va pas ? »

Franck suait, une pellicule moite recouvrait son visage. Ron s'approcha et lui secoua doucement l'épaule.

« Franck, t'entends ? »

Le fils ne répondit rien, ses dents grinçaient à intervalles réguliers. Le vieux posa une main sur le front de son enfant ; immédiatement elle se couvrit d'humidité.

« Bon Dieu, t'es brûlant ! »

Il avait à peine prononcé ces mots que le corps de Franck se tordit comme sous l'effet d'une décharge électrique, et finit par émettre un gémissement étouffé.

« J'ai froid. C'que j'ai froid... »

Le père se leva, prit une couverture dans le placard, la secoua pour la débarrasser des chiures de mites, puis la plaça sur le lit, bordant étroitement le petit. Sur le moment, Ron n'y avait pas prêté attention, mais l'oreiller était détrempé.

« Ben merde, j'vais t'le changer. »

Il le remplaça par le sien, puis resta un temps assis à côté du corps tourmenté, en proie à la fièvre, ne sachant que dire ni que faire.

Quelque temps plus tard – surtout pour se donner un semblant de contenance –, il se redressa et se décida à aller rincer l'oreiller. D'un pas traînant, il se dirigea vers l'arrière de la maison où se situait la pompe, qu'ils avaient nouvellement installée.

« Pour c'que tu nous sers, toi ! Y a rien qui pousse. À croire qu'l'eau l'est maudite. »

Il s'absorba dans l'essorage du coussin. Il secoua la tête, se reprit, tira d'un coup sec sur le linge mouillé et se consola en se disant que cela n'était rien, et que ça irait mieux demain.

Mais le lendemain n'apporta aucun espoir. Bien au contraire. L'état de Franck empirait et il maigrissait à vue d'œil. Il en était à un stade où son corps refusait tout – solides comme liquides. Mais ce qui par-dessus tout le mettait à l'agonie, c'était cette sensation de froid qui ne le quittait plus. Les torchons et les serviettes s'entassèrent sur le lit, avant que le père n'en vienne à décrocher les rideaux et à étendre sur son fils les bâches goudronneuses réservées à l'étanchéité de la fosse. Rien n'y faisait, et Franck continuait à suffoquer. Il lui semblait qu'une marmelade sibérienne logeait dans sa moelle, et que ses nerfs autrefois souples s'étaient vitrifiés. Le moindre de ses mouvements faisait crisser ses os. Sans compter tout un peuple de démons qui assiégeait son sommeil : des cagneux, des ventrus, des coyotes à queue de serpent, et des vautours acéphales. Tout le pandémonium des monstres réuni en une seule caboche. Et chaque fois, le coup d'estoc : son Italienne tant désirée, souriante malgré sa pauvre poitrine transpercée.

Pendant que son fils délirait, Ron voulut lui ôter une ou deux épaisseurs, craignant qu'il ne finisse par cuire sous les draps. Il régnait une température infernale, là-dessous. Près du grabat fumant, il discernait une vague de chaleur rendue aigre par la maladie et la souffrance. Le malade pue, c'est une constante de la vie. En Arizona comme ailleurs. À peine avait-il posé la main sur la bâche que Franck, anticipant le geste, se saisit de son poignet et, les yeux rendus fous par la peur qu'on ne lui enlève ses pauvres hardes, serra de toutes ses forces. Le vieux lutta un peu avant de se faire une raison, et de battre en retraite, laissant le fils à ses tristes hantises.

Le lendemain soir, Ron dut prendre une décision : Franck peinait de plus en plus à respirer. Si rejoindre Casa Grande n'était pas envisageable, attendre sans rien faire n'était guère mieux. Le vieux s'assit sur un tabouret, lança une bûche dans le feu et contempla le bruissement croissant du brasier, cherchant à travers le réseau des flammes un symbole qui lui indiquerait sur quel chemin s'engager.

Ron pensa à l'acte de vente ; il était évident qu'ils n'étaient pas les deux seuls gogos à avoir acheté un terrain dans le coin. Il devait y en avoir d'autres, mais où les trouver sur cette immense terre quasi vierge ? Avaient-ils même eu l'occasion de revendiquer leur bien ?

Le père déplia l'acte, accompagné d'une reproduction à l'échelle du lot enclavé au sein des sections disponibles à la vente. De son index, il suivit le tracé du cours d'eau qui traversait leur parcelle dans sa partie nord et qui continuait à suinter au cœur des autres, bornées à grands coups de règle. Alors, était-il possible qu'ils aient des voisins ? Que d'autres colons partagent ce martyre des terres pelées ? Il était inutile de descendre vers le sud : ils en venaient, et rien de notable n'avait émaillé leur route. Non, leur seule chance résidait dans les régions situées plus au nord.

Avant d'atteler, le vieux commença par vider le chariot qui, insensiblement, avait fini par servir de réserve. Alors qu'il terminait de déblayer, un coup d'orage ébranla le ciel. Le père cracha sa chique et observa l'effroyable masse des nuages s'enroulant sur eux-mêmes. Le temps se couvrait. Et plutôt salement.

Ron retourna auprès de Franck et plaça autour de lui plusieurs brocs d'eau, des miches d'un pain mal cuit, ainsi qu'un tas de conserves.

« J'vais partir, fiston. J'peux diable pas t'laisser dans c't état. J'vais voir s'y a pas des gens qui puissent aider. P'têt même un p'tit patelin avec un docteur pas trop con. »

Après un silence lourd, il se pencha sur le gamin, posa sa main contre sa joue, avant de se relever et de s'en aller brusquement. Mais il avait à peine refermé la porte qu'il la rouvrit soudain, courut à ses affaires entassées dans un coin de la pièce, les fouilla, et en sortit l'écrin contenant la statue de Bouddha. Il la dégagea de son enveloppe et la planta juste à côté de son fils. Dans la moiteur de la pièce, un sourire irradiait.

Une fois sur le chariot, le père puisa dans sa réserve de tabac, flatta l'encolure de ses deux ânes et lança l'attelage à travers un semblant de piste. Tout juste le chariot s'ébranlait-il que des gouttes commencèrent à sourdre, étonnamment fraîches et bienfaisantes.

Rien ne fut à signaler les premières heures, sinon qu'une pluie fine continuait à tomber dru, et que les arbres se faisaient plus nombreux que sur leurs terres. Décidément, son fils était un con : c'étaient ces terres-ci qu'il aurait fallu acheter.

De temps à autre, un grondement déchirait le ciel, suivi d'une lumière foudroyante. Sous les sabots, le sol se faisait spongieux, charriant la colère brusque du cosmos. L'averse tourna en cataracte, frappant bêtes et hommes d'une puissance de tempête. D'autant que les lampes que Ron avait embarquées s'obstinaient à s'éteindre et le plongeaient régulièrement dans le noir complet.

La pluie ne cessant de s'épaissir, le vieux ne parvenait plus à s'orienter ; les trombes d'eau jumelées aux ténèbres le faisaient entrer dans un monde discordant. Sans compter qu'il craignait que la charrette ne s'enlise entièrement.

À bout de souffle, vaincu, il sortit une bâche et s'en recouvrit, attendant ainsi que l'ouragan passe. La berline ballottée par les coups de grain tangua tant qu'à force un essieu se rompit. Terrifié, un âne poussa un long braiment, avant que Ron réussisse à le faire taire. Au-dessus d'eux, le ciel se zébrait de larges blessures violettes ; l'orage se rapprochait et enveloppait le chariot de sa formidable haleine de monstre en rut.

La terre croulait sous son ombre, quand un déluge de grêlons gros comme des quarts de melon s'abattit d'un coup. Ron se prit une mitraille, et sa tête heurta le rebord de la carriole. Il s'évanouit. La tempête continuait, mais sans lui.

Il l'ignorait encore, mais il n'avait eu de cesse de tourner en rond. La ferme n'était qu'à cinq misérables kilomètres.

10.
Black Mesa, Arizona
Janvier 1888

Il fut réveillé au petit matin par une main d'homme, qui le secouait sans ménagement. En face, il aperçut un individu d'une trentaine d'années, entièrement sapé de guenilles, et l'air aussi louche qu'un trou d'eau boueuse. La bouche pâteuse, Ron se frotta le crâne et constata la présence d'un énorme œdème sur sa tempe gauche. La chair meurtrie poussait en une sombre excroissance.

« Z'êtes qui ?

— Dis donc, le vieux, c'est bien à toi de poser pareille question ! On te retrouve à demi assommé dans les plaines, personne te connaît, et ça a le culot de nous interroger. »

Le type se tourna et désigna brièvement du bout de son cure-dent son comparse.

« Teddy et moi, on s'apprêtait à chasser le coyote quand on t'a vu écroulé là. D'ailleurs, tu peux nous dire merci, parce qu'on a récupéré un de tes ânes qui avait bouffé son licou, et qui tentait de se barrer. Pas vrai, Teddy ? »

Teddy, un colosse de plus de deux mètres, esquissa un sourire des plus enthousiaste.

« Pour sûr !

— Z'êtes des fermiers ?

— T'entends ça, Teddy ? Le schnock veut savoir si on cultive quelque chose. Comme si on était des pousse-misère. On travaille en ville : Teddy est fossoyeur, moi traîne-savates. »

Ron parvint péniblement à demander s'ils étaient encore loin d'un médecin.

« À deux heures de marche. Le bled s'appelle Parker Dam, répondit le plus petit des deux. Il faut que l'un d'entre nous reste ici à surveiller la charrette et les deux ânes. »

Ron était peu enclin à accepter une proposition qui s'apparentait beaucoup à un brigandage, mais avait-il seulement le choix ?

« C'est d'accord, montrez-moi l'chemin.

— Bien ! Teddy va rester ici. Hein, Teddy ? Tu veilleras bien sur la marchandise de monsieur ?

— Pour sûr ! »

Tout en disant cela, Teddy s'approcha des bêtes et embrassa le museau de l'une d'elles. Puis ce grand dadais fit boire les ânes directement à sa gourde.

« Allez, il va pas vous les abîmer ! reprit l'autre. Il est un peu limité, mais c'est un bon gars. »

Ron savait qu'il ne reverrait probablement jamais plus ni ses bêtes ni sa charrette. Dans un sens, il devait déjà s'estimer heureux de ne pas avoir été égorgé. Et puis il se sentait presque soulagé de laisser les deux baudets en compagnie du géant. Quand bien même on les lui volerait, ils ne seraient pas trop maltraités.

Le plus bavard tendit sa main vers le fusil du vieux. Ron aurait bien plombé le gars avec sa pétoire, mais elle n'était pas chargée. Il lui manquait des balles depuis ses nombreuses et infructueuses chasses au lézard.

« Non, ça, j'le garde. »

Le gars se crispa.

« Alors, ça va pas le faire.

— L'est pas chargé, d'toute manière. »

Ron ouvrit le barillet afin de montrer la chambre vide.

« Raison de plus pour pas t'encombrer avec ça, le vieux !

— J'suis ben prêt à lâcher des trucs, mais ça non. »

Le type n'insista plus, se disant que ce géronte, qui acceptait qu'on le dépouille mais qui s'accrochait à son rifle hors d'âge comme un taon à sa plaie, était décidément baroque en diable.

Le soleil cognait dur, les ombres étaient courtes, et les deux hommes cheminaient péniblement en direction de Parker Dam quand le type se décida à parler :

« T'es pas bien bavard.

— Non. »

Le gars pointa les joues de Ron.

« C'est quoi, ça ? »

Le père grommela.

« Ma tronche !

— T'es gentil... Je voulais dire, ces sillons rouge faux-filet. »

Le vieux haussa les épaules et continua sa marche. Ils se traînaient depuis une quinzaine de minutes quand il jeta dans un souffle la réponse :

« Ça, ce sont les Indiens. »

La venue de Ron ne passa pas inaperçue en ville. Sous prétexte de s'éclipser un instant pour aller rejoindre un camarade, le gars en profita pour filer, gardant avec lui la bourse du vieux. Grand bien lui fasse ! Pendant ce temps, Ron courut défoncer la porte du premier – et d'ailleurs unique – médecin de Parker Dam, qui auscultait une fille encartée quand l'aïeul jaillit dans le cabinet beuglant que son fils était en train de crever, et qu'il fallait absolument que quelqu'un le soigne. Ron pointa le fusil sur la fille.

« Toi, tu dégages ! »

Avant de le braquer sur le docteur.

« Toi, tu viens avec moi. Et cherche pas à faire l'malin, sinon t'auras plus de face pour t'mirer le matin. »

Le soleil se couchait, et les ombres, longues, s'ajournaient comme des spectres. Le désert, par avance, les digérait. Toujours placé, à plus ou moins longue distance du canon, le médecin prit la parole :

« Vous n'étiez pas obligé… Je serais venu quand même. »

Le père ricana.

« On sait bien tous les deux qu'non. »

Ne trouvant rien à redire, le praticien s'enferma dans le silence, et regarda son ombre se dissoudre dans celle de son ravisseur.

Ils parvinrent à Black Mesa alors que la nuit était déjà bien engagée. Tout compte fait, Ron ne s'en était pas si mal tiré.

Quand le thérapeute entra dans le cabanon, ce fut l'odeur encore plus que l'état du patient qui lui indiqua la gravité de la situation. Franck était un cadavre en devenir, les yeux n'étaient plus que deux fentes gonflées tandis qu'un souffle haché s'écoulait des lèvres. Des traînées rosâtres maculaient les draps, et des boîtes de conserve s'éparpillaient au sol. Dans sa faiblesse, Franck avait dû tenter d'en attraper une, et toutes avaient roulé, la plus proche entièrement cabossée, le couvercle semi-ouvert.

Le docteur défit sa sacoche, remplit une seringue et injecta son contenu dans le bras décharné de Franck. Puis il sortit plusieurs pilules de sa trousse médicinale, en fourra une poignée dans la bouche du malade et le força à avaler. Ce dernier crachota et une bave ocre rougit ses lèvres. Le médecin se tourna vers le père et lui remit des flacons munis de diverses étiquettes.

« Vous savez lire ? »

Ron sentit le feu lui monter aux joues ; néanmoins, il se contint et bredouilla que oui.

« Vous lui donnez deux de ça, et une de ça. Toutes les deux heures. Avec beaucoup d'eau. Il faut qu'il s'hydrate. Vous comprenez ? »

Le vieux hocha la tête et demanda dans un souffle ce qu'avait son fils. Le médecin répondit tout en rangeant ses instruments :

« Une fièvre, probablement attrapée en buvant l'eau.

— L'eau ?! J'en bois aussi, et j'ai ben rien !

— Les gens ne réagissent pas tous pareil. Faites-la bouillir, vous éliminerez les germes. »

Devant l'air lointain de Ron, le docteur reprit :

« La maladie, si vous préférez. »

Il jeta à Franck un dernier regard, et eut ces mots :

« Soit la médecine fonctionne, soit elle échoue. Mais ma présence, dans un cas comme dans l'autre, n'y changerait plus rien. »

Il partit, et la porte se referma sur le père qui prit son fusil, et sortit de la cabane. Levant le bras, il mit en joue la silhouette du docteur, qui se fondait progressivement dans la nuit. Il resta longtemps comme ça, ne bougeant pas et respirant à peine, avant d'abaisser doucement le canon de son rifle et de regagner la baraque empuantie.

De la pluie torrentielle ne demeurait que quelques flaques et une boue omniprésente.

11.
Black Mesa, Arizona
Février-septembre 1888

Franck se remit. Une dernière suée emporta la fièvre, qui se détacha comme une guenille lessivée. Un soir, il fut en capacité de s'asseoir sur le lit ; le lendemain, il prenait le soleil sur le pas de la porte. Mais il ne fut plus jamais le même. La fièvre l'avait marqué de son empreinte. Franck en ressortit cassé, usé, le dos voûté et les bras débiles. Sa jeunesse s'en était définitivement allée ; ne restaient plus que la carcasse et la molle langueur des lendemains de voyage.

Au cours du premier semestre, ils se rendirent à plusieurs reprises à Parker Dam et en profitèrent pour acheter de nouvelles semences, mieux adaptées au climat.

La première fois, reins voûtés, Franck passa devant le réduit du médecin sans sourciller. La santé était partie, y réfléchir ne servirait de rien. Chose décrépite, il traînait son pas malhabile à travers la ville. Le regard d'autrui lui importait peu. *Idem* en ce qui concernait ses murmures ou silences. Ce qu'il voulait, c'était durer. Coûte que coûte. Il emmerdait les autres.

La deuxième fois, ils proposèrent à la vente leurs récoltes. Avec l'argent, ils purent tout juste s'acheter un petit miroir dépoli, mais l'essentiel était ailleurs. Il fallait dépasser la simple survie et ramener la civilisation à Black Mesa. Vivre entourés de brocs ébréchés et de planches à demi émondées ne suffisait décidément pas à rester des hommes. Plus que jamais, Franck avait le sentiment que le salut viendrait aussi bien de là. Sa nouvelle silhouette arquée commençait à être connue. Pour beaucoup, il était le pauvre type à qui la nature n'avait pas souri. Il parlait peu. Il riait peu. Il était là sans y être.

Le père intriguait davantage. Il clivait : il avait ses partisans et ses détracteurs. Il y avait quelque chose dans sa roublardise qui agaçait mais plaisait. Certains le trouvaient sympathique, malgré les crachats qu'il lâchait un peu partout et sa tendance ridicule à négocier à la hausse la moindre de ses marchandises. Les plus prudents se méfiaient de son visage tailladé, qui le faisait ressembler à un fétiche, et étaient persuadés qu'il fallait se garder d'un type qui avait survécu aux Hopis. Parce qu'en général, lorsqu'ils s'en prenaient à quelqu'un, ceux-là ne le laissaient pas s'en sortir. Au mieux tronçonné à moitié – un bras en moins, une jambe raccourcie, et merci pour la médecine ! Cette histoire d'Indiens passait mal. À dire vrai, on lui en voulait de ne pas s'en être sorti le scalp ouvert, la cervelle apparente et saignant de toute sa viande.

Une banque leur avait prêté l'argent nécessaire pour s'acheter quelques poules, six ou sept brebis, ainsi qu'un bélier qui aurait à charge d'être le nouveau Salomon d'une longue lignée de navarins. Puis il avait bien fallu remplacer les deux ânes volés. Bien sûr, la banque n'avait pas avancé l'argent sans contrepartie. Les deux hommes n'ayant aucun bien ni fonds de roulement qui puissent leur servir de garantie, une très large partie – pour ne pas dire l'intégralité – de leurs terres fut hypothéquée. Y compris la cabane nouvellement construite, et jusqu'à leurs outils et ustensiles. Le moindre cul de casserole percé, la moindre pelisse mitée appartenaient désormais à la banque. Bon courage et bon vent.

Bien peu de choses les séparaient du naufrage. Il suffirait d'une journée de sécheresse, d'une nuit de gel, bref d'un simple caprice de l'univers pour qu'ils plongent fissa dans le néant. Derrière l'avarice de la nature se cachait désormais la convoitise des hommes. L'ombre du financier les accompagnait partout, les suivant à la trace quand ils ensemençaient, nourrissaient leurs bêtes ou ramassaient les œufs. D'ailleurs, il était déjà arrivé que, pour avoir été oublié lors de la collecte matinale, la chaleur seule en cuise un. C'était alors quelque chose de presque contre-nature que cet émail sanglant, la coquille brûlée sous les feux d'hélianthe. Et parfois, à l'intérieur, un poussin confit.

Généralement, le vieux régentait la volaille quand Franck s'occupait des brebis, chouchoutant tout particulièrement le bélier et lui réservant les meilleures parties d'un pâturage souvent pelé. C'était incroyable de voir comme les bêtes se contentaient de peu ; un chardon asséché pourvoyait à l'affaire. Et peu importe qu'un manchon de sable le recouvre : les puissantes mâchoires de l'animal n'en avaient cure.

Une épaisse odeur bestiale flottait désormais aux alentours de la cabane. Odeur des fèces torréfiées au soleil, odeur des fientes quand le vent s'amusait à tourner autour du poulailler, odeur de laine sale. Sans compter les effluves aigres-doux lorsque le père s'improvisait fromager, n'aboutissant qu'à une jatte emplie de caillots blonds qui flottaient à la surface d'un lait jauni. Auparavant, la cabane tanguait sur le seul vide ; désormais, elle était emmaillotée dans le lourd fumet des « troupeaux ».

Chaque soir, Franck remplissait l'auge d'une eau tirée au puits ou recueillie dans les fosses. Celle-là même qui l'avait rendu si malade, et qui maintenant lui était anodine. Il faut dire aussi que le vieux veillait toujours à la faire bouillir, s'époumonant en direction de son fils quand il lapait directement à la pompe. Il l'assaillait alors d'injures, hurlant qu'il ne fallait plus compter sur lui, et qu'on pouvait bien crever qu'il ne lèverait même plus le petit doigt, puisqu'on s'entêtait à faire n'importe quoi. Dans ces moments, Franck haussait les épaules, s'essuyait la bouche du revers de la main et s'en retournait s'occuper des terres, laissant le vieux brailler.

Chaque matin, il se réveillait aux aurores, se levait, mettait à chauffer le café et le buvait en revenant de sa tournée matinale. Des rumeurs parlant de nouveaux arrivants parvenaient jusqu'à eux, et il craignait toujours que quelqu'un ne vienne à lui dérober quelque chose. La ville distante semblait se rapprocher au fur et à mesure que d'autres pionniers s'appropriaient la plaine. Il n'en avait encore vu aucun, mais ce mot s'étalait partout dans les journaux qu'il recevait parfois. Quand le soir s'en venait, autour d'une soupe ou d'un quartier de lard, les deux hommes discutaient des choses lues. Du prix de la viande qui avait encore chuté en Arizona. De la mode désormais dépassée des culottes de flanelle. De Mlle Mapple, Tempa, qui cherchait une jeune femme douce et travailleuse pour lui servir de caméristes… C'était la vie même qui revenait au travers de ces annonces, souvent datées de plusieurs semaines lorsqu'elles arrivaient jusqu'à eux. Mais peu leur importait. Ils étaient à nouveau des hommes, chaînons d'une vaste machine. Lors des nuits au ciel dégagé, ils croyaient percevoir au loin la lueur de feux naissants, ou les fumées de cuisine des nouveaux occupants.

Le climat aride de l'Arizona était finalement assez propice à l'agriculture, du moins quand on maîtrisait l'entièreté de ses subtilités. La proximité du Sonora autorisait et favorisait notamment la pousse des laitues, des épinards et des choux, mais aussi des melons, des citrons, et pour les plus ambitieux du coton. Franck et le père s'étaient rabattus sur les laitues et autres salades, tout en s'essayant à la plantation de tomates. Les pieds poussaient bien, la source qui irriguait leurs terres était suffisamment abondante pour alimenter en eau hommes, bétail et potagers.

Les deux hommes s'étaient adaptés à ce climat rougeoyant, le feu du dehors ne les heurtait plus de la même manière. Ils suaient en silence. Après tout, c'était peut-être la meilleure chose à faire, pour deux hominidés encore pas si éloignés que cela du singe.

Et preuve que le métier de paysan rentrait : leurs ongles étaient constamment noirs – de terre, de crasse, de purin.

Une fois par mois, le fils apportait sa récolte au marché : un tiers de légumes cueillis au dernier moment, les deux autres sous forme de conserves. C'était le vieux qui était dévolu à cette tâche. Franck l'avait planté devant une montagne de bocaux, lui avait montré une fois comment procéder, et l'avait laissé là avec cinquante kilos de légumes à mettre en conserve promptement, avant qu'ils ne flétrissent. Le père passait ainsi ses journées assis à l'ombre du réduit leur servant de cuisine, ébouillantant tomates, concombres et navets, pour les enfouir dans les pots hermétiquement scellés. Comme sa main tremblait un peu, c'était le fils qui, le soir, inscrivait les noms sur les étiquettes. Ron n'y prenait pas un grand plaisir, mais il n'avait guère le choix. Comme le bousier qui roule la merde, il avait sa place dans la chaîne des êtres et des éléments. Son rôle était d'enfourner les primeurs pour en faire d'immortelles conserves. Ni plus ni moins.

Quand ils partaient en ville, père et fils montaient sur le chariot bien rempli et arrivaient à Parker Dam une fois la messe finie. Ils se plaçaient à l'ombre des arcades et monnayaient leurs marchandises. Progressivement, la main mutilée et le dos aussi chantourné qu'une volute n'attirèrent plus les regards. Toutefois, Franck avait parfois de ces teintes jaunes qui lui passaient sur la face, comme une dernière coquetterie de la grande fièvre subie. Quant au père, il restait la cible de coups d'œil soupçonneux. On s'en méfiait toujours un peu. Cependant, il serait faux de dire que leur commerce ne prospéra pas. Au fil des mois, le duo se coula tant bien que mal dans le tissu urbain. La ville de huit cent cinquante habitants était prête à en accueillir deux nouveaux. Ici-bas, chacun exhibait sans complexe sa peau noircie et ses chemises auréolées, et il y avait de la place pour deux ploucs supplémentaires.

12.
Black Mesa, Arizona
Septembre 1888

Un jour que tous deux déblayaient le sol à l'arrière de la maison, quelqu'un vint rompre l'équilibre du silence.

« Ohé, il y a quelqu'un ? »

Père et fils furent saisis en entendant tinter cette voix féminine. Franck s'essuya rapidement les mains sur son pantalon et rejoignit l'entrée, talonné par Ron. Ils découvrirent, garée devant leur demeure, une carriole tirée par deux ânes, et qui transportait sur son siège un homme et une femme. L'homme, aussi épais qu'une brindille, était vêtu de vêtements trop larges et son visage osseux disparaissait sous l'ombre d'un Stetson. Quant à la femme, c'était une cinquantenaire obèse à la peau étonnamment laiteuse pour le désert – ce mystère était toutefois en partie éclairci par la présence d'une ombrelle vissée à la structure du chariot. Franck et son père n'eurent guère le temps de se remettre de leur surprise que la dame s'engageait dans une farandole de moulinets, agitant sa gelée frémissante.

« Mes amis, je suis en-chan-tée de faire votre rencontre ! Je suis transportée de joie en constatant que la campagne nous offre deux éminents citoyens de plus. »

D'un geste leste, elle sauta du véhicule et s'approcha des deux hommes, qu'elle aplatit contre sa cyclopéenne poitrine, tandis que son compagnon – toujours juché au sommet du cabriolet – se contentait d'esquisser un sourire un peu crispé.

« Je l'avais bien dit à Klaus – Klaus, c'est mon mari *(nouveau sourire de Klaus en direction du duo)* – qu'il me semblait voir depuis quelque temps des lumières. Tout de suite, j'ai pensé : "Ah ça, ma bonne Marianne – c'est mon nom –, ah ça, ma bonne Marianne, il est possible que nous ayons des voisins !" Alors ce matin, je n'ai rien lâché, et j'ai obligé Klaus à atteler et à venir dans votre direction, me disant que si des pionniers étaient déjà installés – ce dont j'étais certaine –, ils seraient probablement ra-vis de découvrir qu'ils n'étaient plus seuls et qu'ils avaient un voisinage… »

Franck et son père vivaient dans un monde silencieux ; ils eurent donc bien du mal à saisir les subtilités d'une pareille dissertation. Les mots dansaient dans leur tête et rebondissaient sans fin. Heureusement, Marianne semblait ne pas s'apercevoir de leur confusion. À dire vrai, elle était habituée à ce que sa présence crée un état de sidération.

Ils n'eurent pas le temps d'ouvrir la bouche que déjà elle reprenait :

« Mais c'est charmant, chez vous ! Et où sont vos dames ?

— C'est que... Y a pas de dames », murmura Franck.

Elle explosa alors dans un gémissement aigu, tragique et franchement douloureux.

« Pas de dames ?! Mes pauvres petits... Tout ça est de ma faute, de ma faute ! J'aurais bien dû voir, à certains détails, que si une femme avait été présente, les choses auraient été tout autres. »

En disant cela, elle lorgnait d'un œil en direction des rideaux, tandis que de l'autre elle observait les taches qui maculaient le pantalon de Franck. Sans crier gare, elle s'approcha de la maisonnette.

« Mais il fait si chaud ! Allons à l'intérieur, nous y serons bien mieux pour papoter... »

Ron ne put donner son avis sur le sans-gêne de cette affolante meringue que celle-ci, déjà, avait franchi le seuil et poursuivait son refrain d'une voix geignarde :

« Pas de dames… Pas de dames ! »

Elle pivota vers son conjoint et fronça légèrement les sourcils, comme pour lui demander ce qu'il faisait là, encore perché sur la berline. L'homme attendit que sa grosse épouse ait le dos tourné pour soupirer, sauter à bas et se diriger d'un pas mal assuré vers la maison.

À peine Marianne avait-elle franchi le seuil que Franck se précipita, afin de lui dénicher une chaise ; mais *a priori* elle souhaitait lui prouver qu'elle connaissait les lieux infiniment mieux que lui, car elle brûla la politesse.

« Laissez, laissez, j'ai trouvé ! »

Elle s'effondra sur la chaise, qui crissa dangereusement sous son poids. Franck pria intérieurement pour qu'elle résiste, Ron fit la prière inverse. Les pieds s'infléchirent, l'assise oscilla, mais le meuble tint bon et la nouvelle pythie était désormais confortablement installée, les deux mains reposant sur la grande table.

« Ah, mes enfants, mes enfants… Ce désert, cette chaleur… Et sans dames ! *Sans dames !* Enfin, je suis là ! Vous allez pouvoir vous reposer sur moi. Il ne sera pas dit que Marianne n'honore pas les commandements de la Bible. Oh ça non, alors ! »

Elle se leva, dénicha une bouteille d'alcool et s'en servit un verre qu'elle aspira rapidement, émettant à la suite un maigre hoquet.

« Pauvres petits ! Mais je suis là, maintenant. Vous n'êtes plus seuls. »

Un silence tomba sur la pièce. Franck et son père ne comprenaient rien, ne savaient que dire ou comment réagir. Le fils n'osait même pas tirer un tabouret à lui pour s'y asseoir.

« Et sinon ? Vous vous en sortez, financièrement parlant, s'entend ?

— Alors ça ! On n'en sait encore foutr'ment rien ! »

Ron n'était pas peu fier d'avoir réussi à en placer une. Il en ricanait de plaisir.

Marianne ne dit rien, se resservit un verre, le but d'un trait et le reposa d'un coup sec sur la table.

« Mes pauvres petits, il y a tant à faire. Et pas de dames, pas de dames ! »

Au fil des semaines, Franck et Ron apprirent à mieux connaître ces curieux voisins qui survivaient en s'adonnant à la culture des laitues. Les petites pousses s'épanouissaient sous le soleil en larges corolles d'un vert hypnotique. Ils cultivaient aussi quelques melons à la chair tantôt aussi pâle qu'une alvéole marine, tantôt aussi blonde que la paille ; certaines variétés s'ouvraient même sur une variation violine du plus bel effet. Une parcelle était dédiée au coton. Juste avant la récolte, un nimbus de neige sembla s'abattre sur les plaines de l'Arizona.

Le couple s'était marié à Nashville, Tennessee, par une agréable journée de printemps. Après plusieurs années à tirer le diable par la queue, ils avaient décidé de tenter la grande aventure de l'Ouest. Les débuts n'avaient guère été aisés, mais ils étaient parvenus à élever dans le respect des Saintes Écritures leurs deux enfants. Leur fils était parti étudier l'algèbre à l'université d'Oklahoma City, leur fille s'était mariée à Saint-Louis. Propriétaires de trois autres fermes qu'ils avaient laissées à leurs métayers, le couple avait enfin acquis cette nouvelle parcelle, afin d'agrandir encore leur colossale exploitation. Elle était située à deux heures de marche de la maison des Joyces, moins d'une heure si on chevauchait un hongre rapide.

Klaus Mausser était allemand. Il avait quitté sa Bavière natale à seulement quinze ans, et on le sentait parfois un peu nostalgique. Depuis quelques années, il constatait que son allemand sombrait dans les abysses de sa mémoire. Un trou noir le prenait, et on le voyait souvent seul, égaré au bord d'une route, à marmonner des termes incompréhensibles qui n'avaient de sens que pour lui.

Marianne, quant à elle, avait des origines françaises, mais ne conservait aucun souvenir précis de sa patrie. Elle savait juste qu'elle était née dans la région de Châteauroux, et se plaisait à imaginer une terre parsemée de hauts châteaux bâtis en pierre brune, donnant sur des parterres d'un fin gazon. À part deux ou trois expressions lues dans les magazines, elle ignorait totalement les subtilités du français. Finalement, la France n'était pour elle qu'une notion vague, et ne représentait qu'un lointain idéal d'élégance. Néanmoins, le sentiment d'une noblesse innée l'obligeait, les semaines de foire à Parker Dam, à marcher la tête haute parmi les étals de barbaque et le vomi des soûlards.

Franck et son père apprirent un jour qu'une autre famille séjournait non loin, mais elle était, au dire de Marianne, catégoriquement infréquentable. Un père et une mère douchés aux vapeurs de l'alcool, et deux enfants malingres qui aidaient tant bien que mal aux cultures. L'aîné de vingt-trois ans, déjà chauve, avait pour habitude de s'accoupler à la mule, quand le cadet, un idiot congénital et un crétin complet, se révélait incapable de s'habiller seul. Une sorte d'avorton mal goupillé, ne parlant pas, comprenant peu, vicieux pourtant et s'attirant les quolibets des filles de joie lorsqu'on l'amenait à la kermesse annuelle. Klaus disait de lui qu'il ne coûtait pas cher à employer, et que, baveux comme il l'était, ses parents n'avaient qu'à le laisser zigzaguer au-dessus des salades pour qu'il les arrose.

Pour résumer : de bien étranges voisins.

Quelquefois, Klaus s'en venait sans son épouse. Ron et lui s'installaient alors sous l'auvent et débouchaient un flacon de gnôle. Plus l'alcool était liquoreux, plus leur amitié se faisait franche.

Le vieux comprit assez rapidement que ce n'était pas seulement la crasse endémique des Cox qui gênait Marianne, mais une chose bien plus inavouable : elle était jalouse. Jalouse de ces deux avortons accrochés à leurs parents. Éternellement à disposition. Car Marianne éprouvait des tendresses gigantesques qu'elle ne pouvait plus épancher, et son fils ne donnait plus beaucoup de nouvelles. Oh, bien sûr, il était revenu la première année, restant quelques semaines et prenant part au quotidien de la ferme. Mais déjà on le sentait un peu ennuyé de cette vie. L'année suivante, il se contenta d'envoyer deux ou trois lettres. Puis celles-ci se firent plus rares et lacunaires, pour finir par ne plus arriver.

Un soir de franche ivresse, Klaus sortit de son gousset une photographie jaunie. On y voyait un beau gars, vêtu d'un luxueux complet trois pièces.

Il avait aussi dans sa poche un extrait de journal, qui annonçait la publication de bans.

« C'est comme ça que j'ai appris qu'il s'était marié. À une gamine de la haute. Y a pas à dire : il a réussi, mon gosse. »

Un jour, le père interrogea Klaus sur leur fille, Constanze, puisque ni lui ni Marianne n'en parlaient jamais. Il le sentit mal à l'aise, se mettant à bredouiller qu'elle était bien loin, et que le mieux était encore de ne plus en causer. Ron n'insista pas. À chacun son énigme, et les cochons seraient bien gardés !

13.
Black Mesa, Arizona
Février 1889

Une atmosphère pesante planait aussi bien sur les habitants de la ville qu'au-dessus des fermes éparpillées. Comme si d'indistincts revenants cheminaient insensiblement à travers les rues, cariant tout de leur souffle. D'étranges racontars circulaient, comme quoi les Indiens hopis seraient sortis de leur torpeur et auraient à nouveau déterré la hache de guerre.

Tout avait commencé par des petits riens : une charrette qui versait, des signes gravés sur la roche, d'étranges volutes de fumée. Mais la multiplication des incidents faisait jaser, et l'hypothèse que les Indiens cherchaient à mettre à mal les convois des hommes blancs avait doucement émergé. Sans parler des flèches repiquées un peu au hasard – un pauvre bougre s'était d'ailleurs pris un carreau en plein cœur. Mort sur le coup : pas même le temps d'un soupir, encore moins d'une messe. Par contrecoup, les caravanes s'armaient plus que de coutume. Quelques-uns attribuaient la recrudescence des incidents au comportement souvent nerveux des condottieres, qui avaient l'habitude de se payer de leur peine en trinquant directement au goulot.

Aux abords des métairies, des animaux étaient retrouvés moribonds au matin. Les mutilations étaient effroyables, des ligaments et des tendons en pagaille, des organes en veux-tu en voilà, déployés en larges corolles blêmies. Les éleveurs savaient à quoi ressemblait une attaque de coyote – quand, dans l'accalmie de l'aube, l'animal se dérobe à l'étreinte des dunes –, et cela leur semblait tout sauf naturel.

Un climat de transe inquiète régnait, d'autant que des flûtes se faisaient entendre dans l'apaisement du soir. Quelque chose de calme, de doux, et pourtant d'aussi funèbre et menaçant qu'une déclaration de guerre exécuté au tambour.

Et un matin l'on découvrit, aux alentours de la ville, deux camelots égorgés. Aucune raison ne venait justifier un tel massacre : ils ne transportaient rien d'autre que des paniers de courges rondes. L'un des deux n'avait pas quinze ans. Son visage contusionné interrogeait un ciel indifférent et considérait, étonné, la course sans fin des nuages. Pour lui, c'était plié : ses lèvres avaient été retirées et un jeune acacia avait été planté en plein milieu de sa cage thoracique. Les racines s'accrochaient dans le magma éclaté des chairs, tandis que les petites pousses, maculées d'un sang tiède, se balançaient au vent. Abject croisement entre l'homme et la graminée.

Ainsi, les habitants de Parker Dam se souvinrent qu'un autre peuple était là : tout proche et aux aguets. Attendant la fin des Blancs comme le verrat attend la chute des figues.

Pour l'instant, la situation n'inquiétait que peu le père et le fils. Eux aussi entendaient bien les chants nocturnes et constataient que, chaque jour, de nouvelles flèches étaient fichées dans le tronc des palo verde, mais rien qui soit assez spectaculaire pour émouvoir ou décourager les deux hommes. Les Indiens cherchaient à leur signifier leur présence, dont acte. Mais ils ne voyaient pas en quoi leur existence à eux pouvait les contrarier puisque – justement – ils n'en faisaient rien, de ces terres. Les Joyces n'avaient pris les champs de personne, le papier le prouvait : Black Mesa leur appartenait de droit. Ils avaient payé, et pas qu'un peu ! Ce n'étaient pas de lointaines litanies qui allaient ébranler cette certitude.

Les relations entre les Joyces et les Mausser s'approfondissaient dans un échange gagnant-gagnant :

le fils prêtait son restant de muscles lors des périodes d'épandage ou de labourage et, en retour, il avait le droit de taper dans les réserves de ses voisins.

Un jour que Franck se rendait chez les Allemands pour rapporter une herse, il trouva Klaus assis, qui se servait en citronnade. Franck essuya la sueur qui coulait sur son visage.

« Fait soif !

— Descends de ton poney et viens boire un coup. »

Franck sourit, sauta à terre et partit se laver les mains à la pompe.

« Si tu veux, il y a du cake à la cuisine. Tu peux t'en prendre une tranche.

— C'est pas d'refus. »

Il entra par la porte de service qui donnait directement sur la cuisine. La grande pièce, aux cuivres aussi étincelants que des hallebardes, était silencieuse. Franck se demanda si un jour il pourrait, lui aussi, posséder une demeure aussi chic. Le cake était posé, bien en évidence, sur la desserte ; il s'approcha et éloigna d'un geste agacé les mouches qui campaient tout autour. Il était en train de s'en couper une copieuse part quand un bruit sourd, comme un coup étouffé, retentit à l'étage.

« Marianne ? C'est moi, Franck. Klaus m'a dit que j'pouvais m'servir… »

Il resta quelques instants immobile, n'entendant plus que le bourdonnement des taons qui avaient repris leurs arabesques. Il haussa les épaules et allait sortir lorsqu'un second bruit, évoquant une chute, retentit de nouveau.

« Marianne ? Ça va ? »

Il reposa la part de gâteau et se dirigea vers l'escalier, hésitant. Dans sa tête, quelque chose de pas encore bien défini commençait à prendre forme pour ressembler à un soupçon. Un doute. Une confuse inspiration. Oubliant toute prudence, il se contenta de jeter un rapide coup d'œil en direction de Klaus, qui ne prêtait guère attention à lui, et se décida à monter.

Un gémissement cadencé émanait du long couloir qui desservait les chambres. Franck retint son souffle et poursuivit son ascension. Les gerbes fleuries du papier peint se firent soudain étouffantes. Il s'approcha lentement de la pièce située le plus au fond ; le grattement – discret mais continu – prolongeait sa petite mélodie. L'oreille aux aguets, il se demanda de quelle chambre celui-ci pouvait bien provenir. Il hésitait, trouvait sa démarche stupide et allait redescendre quand il s'aperçut que la poignée de porte de la dernière mansarde tressaillait en tous sens. Il tenta de l'ouvrir, mais celle-ci était verrouillée. Sans pouvoir se l'expliquer, il prit son élan et l'enfonça d'un coup d'épaule. Le chambranle se brisa dans un lourd craquement, et des éclats de bois clair flottèrent, mimant l'envol délié de phalènes.

L'intérieur de la pièce laissait voir une confusion de cotonnades crasseuses, de cruches à moitié pleines et d'assiettes où s'accrochaient des reliefs lyophilisés. Sans parler de cette infernale pestilence qui, immédiatement, le saisit à la gorge et lui fit monter les larmes aux yeux. Les remugles étaient aussi aigres qu'un centenaire qui aurait vécu, serait mort et aurait tourné charogne.

Près de la fenêtre barricadée, il discerna une silhouette s'apparentant à une longiligne poupée vêtue d'improbables et désuets oripeaux. Sa robe bleue était rehaussée d'une traîne de dentelles jaunies, et des frisettes d'un blond pâle encadraient un visage de porcelaine passée. Dans l'effroyable clair-obscur, Franck eut la diffuse impression que l'automate remuait. D'un coup, le pantin ouvrit ses grands yeux de cristal, et le fils reçut un choc en pleine poitrine. Il songea à Constanze, la fille des Mausser, censément partie dans l'État du Missouri. Se pourrait-il alors qu'elle n'ait jamais rejoint Saint-Louis et qu'elle soit restée prisonnière, tel un bibelot fragile qu'on met sous cloche ? Serait-il possible que cette « chose » soit Constanze ? Et si tel était le cas, depuis combien de temps vivait-elle cette profonde misère ? Était-il au moins sûr que c'était elle ? Dans un murmure, le fils prononça son prénom :

« Constanze ? »

À l'énoncé de son nom, la « créature » se mit à frémir et à écarquiller des prunelles étonnées. L'homme en avait vu, des choses, mais celle-là dépassait ce qu'il pouvait supporter. Il fut pris d'un violent spasme et vomit. La femme clignait des yeux, et un tic constant déformait ses lèvres. Habituée à l'ombre, elle souffrait du tremblant rayon qui se traînait jusqu'à elle. Pauvre joujou attifé comme une comtesse mais vivant parmi les excréments et l'ordure. Barbe-Bleue avait renouvelé l'interdit du placard ; à l'intérieur du cabinet noir, rien d'autre qu'un berceau nécrosé.

Franck tenta de s'approcher, mais la jeune fille s'était blottie dans un coin. Il ne l'avait pas remarqué tout de suite, mais la recluse avait une poupée avec elle, véritable petit double de chiffons à son image. Une bourre grisâtre s'enfuyait des coutures défaites du poupin. Les ongles de la captive s'étaient souvent enfoncés dans l'étoupe matelassée de la petite chose, la pétrissant à son image.

« C'est fini. J'te veux pas d'mal. Viens, on va sortir. »

Il s'avança encore. Terrorisée, elle ne bougeait plus. Le regard fuyant. Doucement, pas après pas et souffle après souffle, il parvint à lui prendre la main et à la traîner au-dehors de son réduit. Plus morte que vive, elle s'effondra avant d'avoir atteint les marches. Franck se décida à la porter et dévala l'escalier, le cœur battant la chamade et l'esprit confus. Il poussa du pied la porte de la cuisine et déboula sur le patio. Klaus était toujours assis, les bras ballants et le regard perdu dans le vague. Il avait bien vu Franck qui tenait Constanze dans ses bras mais ne réagit pas. Sa main, légèrement tremblante, s'avança vers le verre de citronnade.

« C'est sans doute mieux comme ça. Pour tout le monde. »

Franck ne comprenait rien.

« Fous le camp ! Barre-toi avant qu'elle revienne ! Faut pas lui en vouloir, elle a pas supporté le départ de Jakob… Elle avait besoin de la garder pour elle, tu comprends ?… »

Horrifié, Franck marchait à reculons, trébuchant à chaque pas. Il parvint jusqu'à sa monture qui broutait des chardons, impassible aux drames des hommes. Il cala la jeune femme contre la selle et l'affermit contre lui quand un cri déchira l'air. Marianne, de retour du potager, lâcha ses paniers et courut vers eux. Pas Constanze ! Pas sa toute-petite ! Les asperges, culbutées, ressemblaient à de dérisoires bâtons de bois vert. De toutes ses forces de mère, reniée dans son bon droit et bafouée par son sang, Marianne se hâtait en direction de sa fille. Le souffle saccadé, elle faisait s'envoler le sable qui formait autour d'elle un suaire blanc.

Effrayé par cette vision, Franck éperonna. Le sang battait violemment à ses tempes, d'obscures étoiles s'agitaient devant ses yeux, un trou noir se profilait devant lui. Et sans le savoir, il fonçait droit dedans.

14.
Black Mesa, Arizona
Mai 1889

Il est peu dire que le père vécut mal la présence de la nouvelle venue. En premier lieu parce qu'il était instinctivement contre toute forme d'intrusion féminine dans sa vie ou celle de son fils ; en second lieu parce que la petite était manifestement tarée. Et pas qu'un peu ! Siphonnée bien comme il faut. Un truc à peine croyable et qui aurait sa place dans les *freak shows* des fêtes foraines.

Au tout début, Constanze demeura recroquevillée dans une encoignure, dissimulée entre un coffre en bois et ce qui servait d'étagère. Elle restait là sans bouger, sans dormir, pétrissant sa poupée et faisant ses besoins à même le sol. Une semaine à saloper la maison et à sursauter à chaque bruit. Trois fois par jour, Franck s'évertuait à la nourrir en lui donnant une assiette de potée ou de gibelotte ; que des choses douces et des viandes molles qui fondaient toutes seules en bouche. Un gâchis pour le père qui, si cela n'avait tenu qu'à lui, l'aurait foutue *manu militari* dehors. Que l'illuminée becquette sa pitance avec les chèvres.

Un matin, ils se réveillèrent et constatèrent son absence. Ils la cherchèrent pendant des heures et des heures avant de la retrouver planquée dans le cellier, couchée en chien de fusil devant la porte. Elle était en quête du noir absolu. Selon le père, elle se comportait tout à fait comme un rat. Afin de lui ménager un semblant d'intimité, Franck se décida alors à lui construire un petit réduit pour l'isoler du reste de la maisonnée. Quatre planches émondées ainsi qu'une autre faisant office de porte suffirent à accueillir la couche de Constanze. Pensant lui faire plaisir, Franck avait couru également chaque magasin de Parker Dam afin de lui acheter de quoi se confectionner de nouvelles toilettes. Il avait écumé les merceries comme certains écument les bars, et en était revenu les bras chargés de coupons d'étoffes et de tissus teints de toutes les couleurs. Il avait trouvé dans un vieux numéro de mode des patrons et avait payé une couturière pour que celle-ci recrée à sa demande ces incroyables fourreaux. Un peu de dentelle, une pincée de froufrous et beaucoup de ridicule.

Le père ne décolérait pas de ces expansives fadaises. Surtout pour orner une demi-folle. On aurait décidément tout vu.

« C'est ben beau de l'enrubanner comme une pièce montée, mais c'est quand qu'elle s'lave ?

— Pa ! Elle entend !

— Elle comprend que chique, oui ! Hein qu'tu comprends rien quand on t'cause ? »

Constanze, toujours immobile, plongea ses grands yeux étonnés dans les siens, et une flamme sombre s'y alluma un court instant. Troublé, le père regarda ailleurs.

Au bout d'une semaine, Constanze accepta de ne plus se terrer dans les recoins et commença même à remuer une ou deux casseroles. Franck l'encourageait du mieux qu'il pouvait, ému de la voir participer aux tâches ménagères les plus simples. Au début, il lui montrait les gestes : comment éplucher une pomme de terre, comment assaisonner un rôti, comment se brosser seule les cheveux. Elle apprenait vite et faisait chaque chose avec efficacité et minutie, sans se départir de son faciès livide. C'était d'ailleurs cette précision toute mécanique qui charmait Franck et horrifiait Ron.

Au bout de plusieurs semaines, elle sembla plus à son aise dans la maison, et elle prit elle-même l'initiative des tâches à accomplir. Désormais, on la voyait s'activer à droite, à gauche. Portant un broc, vidant un pot, épluchant des légumes ou encore prenant soin de sa longue chevelure.

La première fois que Constanze sortit toute une journée au-dehors afin de s'occuper des bêtes, elle revint entièrement cloquée par le soleil. Franck la badigeonna tout de suite de suif de porc, espérant atténuer la sensation de brûlure. Un feu ardent broutait l'intérieur de ses chairs, et elle regardait, surprise, sa peau se soulever en petits dômes boursouflés.

Le plus étrange restait qu'elle ne parlait pas. Jamais. Ni pour se plaindre ni pour remercier. Elle comprenait ce qu'on lui disait puisqu'elle hochait la tête si on la questionnait, mais rien de plus. Elle balayait, cuisinait, faisait les lits et donnait à manger aux moutons, toujours en silence. Qu'elle porte un seau ou qu'elle nettoie un chou-rave, elle effectuait sa mission avec des mouvements aussi saccadés et précis que les couperets mécanisés des abattoirs. La seule fois où elle fit montre d'un comportement agressif fut quand Franck jeta aux ordures le poupon chiffonné. Constanze bondit sur le tas d'immondices et retourna le tout jusqu'à ce qu'elle retrouve son bambin de tissu. Elle enleva immédiatement les épluchures mêlées aux brins de laine et le plaqua contre son sein.

Pendant des jours et des jours, elle battit froid au fils, se refusant à le regarder ou à s'occuper de ce qui lui appartenait. Elle mit le couvert pour deux et non plus pour trois, ignorant sa présence.

D'une certaine manière, elle était comme le père avec son Bouddha. Il y a des idoles qu'il ne faut toucher sous aucun prétexte.

Franck, les manches de chemise retroussées, était en train de couper du bois quand le père vint à lui.

« C'est quand qu'elle fout l'camp ?

— Elle reste.

— Elle reste rien du tout, oui… J'la veux pas chez moi ! »

Pour toute réponse, le fils fendit une bûche. Des copeaux de bois retombèrent sur les chausses du vieux, recouvrant le cuir craquelé d'une fine poussière blonde.

« Franck, r'connais-le, elle est folle !

— Arrête tes conneries.

— Tu veux que j'te dise ? Y a que'que chose qui colle pas. J'la sens pas… »

Le père cessa net. Derrière eux, partiellement dissimulée par un drap qui ondulait sous le vent, Constanze étendait le linge. Elle avait tout entendu de la querelle qui déchirait les deux hommes et, pourtant, elle était plantée là, souriant vaguement derrière sa lessive.

Ron rentra un soir de Parker Dam et trouva son fils attablé en train d'affûter la lame d'un canif.

« Elle est là, la garce ? »

Le vieux avait sa tête des mauvais jours. Il se montrait fébrile, dégageait une forte odeur d'alcool, et sa chemise était souillée de plusieurs taches violines qui s'épanouissaient au niveau du plastron. Il lâcha un rot et poursuivit sa diatribe :

« Peu importe... T'sais c'que j'ai entendu tout à l'heure au marché ? »

Indifférent à la confidence, le fils haussa les épaules et reprit son affilage.

« Paraît qu'la Marianne, elle s'rait bien malade et qu'elle passerait ses journées vautrée comme une truie à rien fiche de ses dix doigts. »

Franck s'arrêta une seconde puis continua, l'air de rien. Une petite veine, située sur sa tempe droite, se mit néanmoins à tressaillir.

« Ça t'emmerde c'que j'te dis ?! C'est pourtant un truc qui t'arrangerait plutôt, ça, non ? La grosse qui clamse.

— T'as bu. Va cuver ta gnôle ailleurs.

— J'sais encore bien c'que j'dis. »

En voulant sortir, le vieux trébucha sur une chaise et se rétama au sol. Il se releva en maugréant et quitta clopin-clopant la pièce. Resté seul, le fils songea qu'après tout, oui, ça l'arrangerait plutôt que la grosse meure.

L'arrivée en ville de Constanze fit des remous. On aurait dit une poupée constipée. Un truc vraiment étrange qui se baladait avec des toilettes bariolées et des fichus aux pastels insolents. Des mauves, des pêches, des abricots, des bleus ciel et des verts tendres. Toute la panoplie de la nature enfermée dans ces carrés de tissu. Les femmes de Parker Dam étaient partagées entre perfides lazzis et profond dépit. Qu'est-ce que c'était que cette pimbêche qui déambulait dans les rues en bottines de daim et cheveux gaufrés ? Probablement une grue. En tout cas, quelqu'un qui n'était pas du coin.

Les habitants la considéraient comme une curiosité, une incongruité venue de nulle part, à mi-chemin entre le bibelot et la potiche. Au mieux quelque chose de décoratif, au pire de nuisible. Une mante religieuse peut-être. Elle en avait le profil saillant sous ses entassements d'étoffes. Le bras sec et le geste nerveux, elle avait une manière d'accaparer la monnaie qui laissait sans voix. Elle faisait tout pour ne pas vous effleurer, ne serait-ce que du dos de la main, mais s'il vous prenait l'envie de lui escamoter deux cents, elle vous fixait avec une intensité telle que, gêné, vous retrouviez les piécettes « oubliées ».

Franck ne voyait rien. La démarche cinétique de la jeune femme ne le troublait pas. Lui seul semblait ne pas s'apercevoir qu'elle secouait la tête avec raideur, et que son silence glacé mettait les gens au supplice.

Un jour que Franck tenait le stand avec elle, ils croisèrent Marianne et Klaus qui, eux aussi, s'en venaient vendre les produits de leurs récoltes.

Réjoui de cette rencontre improbable, le père s'esclaffa :

« Ben merde alors ! L'est pas morte ! »

À la vue de sa fille, la mère s'effondra en larmes et tenta de s'accrocher à elle. On aurait dit la gigue d'un bélouga essayant d'engloutir une brindille. Il fallut toute la force et la ténacité du fils et de Klaus pour lui faire lâcher prise. Impassible, Constanze ramassa les légumes, essuya la poussière dont ils s'étaient couverts, les remit sur l'étal et reprit la vente comme si de rien n'était.

Les habitants n'en revenaient pas. Cette machine endimanchée serait Constanze ? C'était impossible ! La jeune fille était partie à Saint-Louis des années plus tôt… Et puis, quand bien même elle serait de retour, jamais elle n'avait eu de ces lourdeurs de polichinelle. En effet, peut-être y avait-il bien une vague ressemblance… Rien de bien sûr.

Des jours plus tard, une famille fut retrouvée massacrée à quelques encablures seulement d'un embranchement routier. Les parents gisaient sur le dos, mains repliées sur le buste, tandis qu'un adolescent tanguait aux ramures d'un chêne bleu. La branche avait cédé, et le corps, à terre, finissait d'épandre sa cervelle. Quant à leur fillette, elle demeurait, inerte, dans la poussière. Le sable avait absorbé le sang qui fuyait de ses blessures et l'enfant était auréolée d'un lagon pourpre.

Un couple âgé avait fait la triste découverte et, rapidement, toute la populace s'était groupée autour de la tuerie. Chacun y allait de son petit commentaire et le shérif eut bien du mal à se frayer un chemin jusqu'aux corps. On enleva les victimes, et des bouquets furent déposés au croisement. Quand le soir tombait, les derniers feux du soleil allumaient le carmin assourdi des fleurs, qui expiaient des fautes imaginaires dans un remugle de bourgeons contrariés.

Aussitôt la haine gagna tout Parker Dam. Les marchands d'armes firent recette, et le croque-mort exposa ses cercueils sur le pas de sa boutique. Le capitonnage sinople, passé de mode, était offert par la maison, tandis que s'alignaient de petites boîtes en bois blanc réservées aux enfants.

En représailles, plusieurs Indiens furent capturés et traînés en place publique. Un peintre local s'était offert à barbouiller un placard qui annonçait le grand lynchage ; le mot « vengeance » y était inscrit en caractères malhabiles sur un bardeau troué du travail patient des larves. La pendaison était jour de liesse aussi bien qu'un autre ; peut-être même mieux qu'un autre. On partait à la chasse aux mandragores. Éjaculera ? Éjaculera pas ? Des vieilles vendaient les plantes, prétendument obtenues au pied des gibets, comme d'imparables panacées contre les défaillances masculines. Des hommes, Stetson rabattu, se pressaient dans les allées sombres pour se procurer des philtres aussi funestes qu'inefficaces. Au mieux ils en ressortaient indemnes, au pire avec des nécroses pas trop avancées, qu'une thaumaturge improvisée tenterait de guérir.

Hélas, la liesse générale dura peu : les Indiens n'en étaient pas. On s'aperçut, trop tard, que les deux pendus étaient des Mexicains qui survivaient en négociant leur camelote. Dans la précipitation, personne n'avait remarqué que leur face terreuse n'avait rien du profil autochtone. Le bistre de leur teint avait suffi à les perdre, et les cadavres se balançaient comme d'inutiles reproches. Les dépouilles furent descendues par une nuit sans lune, et l'ombre massive du fossoyeur se détachait sur la grand-place, composant une bien triste pantomime. On ne sut où les corps furent inhumés mais, durant plusieurs jours, des coyotes ne cessèrent de retourner le sol, remuant la terre à la recherche des linceuls. Un animal fut repéré en train d'errer avec, dans la gueule, un os qui ressemblait beaucoup à un fémur d'homme. Dans le doute, personne n'alla vérifier. Le désert efface bien des drames ; au fond, c'est lui le grand fossoyeur.

La colère de Ron ne passait pas. Chaque jour, il se levait plus écœuré que la veille. Au moindre pas qu'il faisait, il butait sur Constanze et ses grands yeux irrémédiablement tournés vers un au-delà connu d'elle seule. Il se demandait comment s'en débarrasser. C'était comme avoir sur soi une coloquinte remplie de cyanure : rien ne vous forçait à y songer, mais vous saviez qu'elle était là, toute proche, à vous observer – silencieuse et coite – dans son entêtement de petite fiole.

Un soir que père et fils taillaient le bout de gras sur le pas de la porte, le vieux reprit :

« J'te l'redis encore, Franck, d'une manière b'en nette et b'en catégorique, mais c'est elle ou c'est moi.

— J'peux quand même pas la foutre dehors !

— Elle a un père et une mère. »

Franck se leva d'un coup.

« Si jamais tu f'sais un truc pas net, j'te préviens que j'te louperais pas !... »

Le vieux se retrouva seul à régler son compte au salami. Il regardait Constanze s'occuper des moutons. Avec sa dégaine syncopée, elle effrayait jusqu'aux animaux qui se méfiaient d'elle. Le bélier, notamment, lançait ses cornes contre les barrières de l'enclos, comme s'il cherchait à se délivrer d'un imperceptible maléfice.

Un après-midi que Franck fouillait le sol à la recherche des cailloux qui, sans cesse, entravaient sa progression, il tomba à nouveau sur plusieurs fragments de poterie calcinés. Tu parles d'un peuple ! Pas même foutu de cuire correctement ses jarres. Il se releva et s'assit un instant sous l'auvent. L'air était en feu, et chaque respiration lui rôtissait les poumons. Une bardée de soufre lui boucanait le gosier. Il savait le père en vadrouille et pensait Constanze en train de s'occuper des astrakans. Il rentra se mettre au frais et aperçut, au beau milieu de la cuisine, le bac qui servait tout aussi bien à faire la lessive, la vaisselle que sa toilette. Le tub avait une sobriété toute spartiate, aucune courbe et du zinc à la place de l'émail. Constanze, entièrement nue, s'y lavait, et si elle semblait se ficher comme d'une guigne d'être ainsi révélée, Franck tituba. Il la savait femme, mais c'était un savoir conceptuel, une connaissance vague et sans fondement véritable. Elle était le jouet trouvé et réparé, la sœur jamais eue, pas ce diaphane narcisse qu'il découvrait ainsi au baquet. Dans ce semblant de cuisine, sur ce plancher imbibé de l'eau grasse des vaisselles, c'était son Italienne qui renaissait brièvement à la vie. Il se remémora une odeur, une silhouette devinée, une attente toujours déçue… N'en pouvant plus, l'homme sortit en claquant la porte. Il secoua la tête pour tenter de se rassurer et de chasser cette vision. Mais plus rien ne serait jamais pareil : l'idée de la femme était revenue l'assiéger.

Il fallut peu de temps au père pour s'apercevoir que quelque chose avait changé. Il sentait son fils nerveux et travaillé par la poussée d'un désir sourd. Alors qu'il sifflait sa soupe, le vieux ne cessait de lorgner Constanze. Rien qui ne dérogeait à l'habitude, aucune trace d'œillade ou de minauderie suspecte. Franck, en revanche, c'était une tout autre histoire. Il alternait entre clins d'œil furtifs et gestes brusques ; sa veine jugulaire enflait d'une manière franchement erratique. Traversé d'une intuition, Ron fit tomber sa cuillère dans son potage et une multitude d'éclaboussures verdâtres macula la table.

Constanze se leva pour prendre un torchon et épongea le bouillon répandu. Dans la caboche du vieux, la même ritournelle tournait en boucle : son fils était méchamment pris, et la braque allait rester dans le décor. Quel merdier !

Ron passait la nuit dehors à réfléchir quand un chuintement, sorti du bec d'un grand-duc, lui fit pivoter la tête. Le rapace était en train de rendre, non sans difficulté, une pelote. Les petits os et les morceaux de cartilage qui émergeaient de la vomissure grisâtre lui firent penser à son gamin désormais englué dans un fatras sentimental des plus abject.

Le père ne dormait plus. Son idiot de fils rôdait sous les fenêtres, à l'affût. La touffeur de ce mois de mai lui agaçait les nerfs et lui fouettait les sangs. Chaque nuit, Franck se réveillait en nage, la nuque gluante, les paumes moites et le pyjama encollé au drap. Il tentait de se rendormir, mais son entrejambe sillonné de sueur le faisait se lever. Il sortait sur le porche et s'allumait une sèche rapidement absorbée par l'opacité de la grande sorgue. Des *Sphinx ligustri* encerclaient la famélique lueur, dans une noria contrariée de lépidoptères condamnés.

Le vieux était loin d'être pudibond : si son fils tenait à taper dedans, qu'il tape dedans ! Mais qu'il cesse tout de suite cet insupportable manège de dogue en rut. Ça n'avait pas de raison de tournicoter comme ça autour de sa propre maison. Ron avait des principes d'hygiène simples mais imparables : si ça commençait à vous démanger au point de vous détraquer le ciboulot, c'est que c'était pas bon. Pas bon du tout. Il sentait que Franck – plus que jamais – lui échappait, mais il ne voyait pas comment endiguer la catastrophe. Il n'arrivait même pas à savoir si la gamine se prêtait au jeu.

Était-elle aveugle ? Était-elle garce ? Ne comprenait-elle rien à ce qui se passait ? Même la génisse, sans jamais pourtant l'avoir encore connu, reconnaissait immédiatement le taureau à son odeur. Alors pourquoi pas cette femelle-là ? À moins qu'elle ne soit irrémédiablement perdue pour la chose ? C'était possible, après tout. Elle avait vécu des choses pas bien féeriques.

Pendant ce temps, en ville, d'interminables bourrasques faisaient craquer le treillis des toitures, et des gerbes de sable, continuellement charroyées à travers les rues, se tassaient devant les portes et se figeaient en congères… La silice semblait recouvrir le bourg de son suaire platine, des habitants viraient prune sèche, et le niveau d'eau des puits, doucement, baissait. Ce qui n'empêchait pas des types, toujours les mêmes, de ricaner lorsqu'ils croisaient la gueule tailladée de Ron. Ils aimaient l'apostropher dès qu'ils voyaient sa longue carcasse remonter l'avenue. Une ou deux fois, il avait tenté de leur fermer leur grande gueule, mais sa jeunesse était partie, et ce n'était pas son cagneux de fils avec son dos en gondole qui allait l'aider.

« Eh, pépé ! Eh, vicieux ! Ouais, c'est à toi qu'on cause, le balafré ! Ramène un peu ta face qu'on se marre… »

Un autre gars, aussi suant qu'il était gros, pouffa.

« Sûr qu'avec sa tronche il doit distiller du jus de macchabée et gigoter à poil au son des tam-tam. »

Le fils haussa les épaules et s'apprêtait à relancer les bourricots quand Constanze sauta de la carriole et se dirigea vers eux, aussi anguleuse qu'un phasme. Les types, attablés devant un tréteau fait de planches poisseuses, incrédules, la regardèrent approcher. Elle alla à celui qui était à moitié borgne, et lui assena une torgnole magistrale qui lui délogea une canine. Aucun des trois ne fit le moindre geste, et Constanze repartit comme elle était venue, avec sa silhouette compassée, ses rictus spasmodiques et ses jupes amidonnées qui laissaient un sillon clair derrière elle.

15.
Black Mesa, Arizona
Juin 1889

Un dais de chaleur hors norme s'abattit sur la région, des vapeurs sortaient de la terre, et les cactus étaient en train de crever, brûlés jusqu'au rhizome. Un peu partout on découvrait des dépouilles d'insectes : larves à peine écloses ou colonnes de fourmis *Pogonomyrmex barbatus* fauchées par la canicule. Autant d'infimes ponctuations sur le néant.

D'autant que les Hopis s'étaient volatilisés. Plus de tam-tam erratiques ou de longs hululements égueulés par des Indiens défoncés au scotch ; rien que le vide et le silence.

Le Sonora se dilatait dans ce qui ressemblait à un dernier avertissement, et nul besoin d'être grand clerc pour comprendre que le monde connu mourait. Beaucoup en profitèrent pour tenter leur chance au loin, essayant de refaire ailleurs ce qu'ils avaient raté ici. Des matrones déguerpirent avec leurs amants, laissant sur le carreau l'époux légitime ainsi que les gosses. Quant aux vieux, trop éreintés pour songer à s'enfuir, ils baissaient la tête et attendaient le cataclysme à venir. On les sentait las, dépités de ne pouvoir, eux aussi, effacer l'ardoise. Débuta alors un étrange quadrille, des locataires s'installaient dans des meublés qui n'étaient pas les leurs, pénétrant par la fenêtre quand la porte était condamnée, et par la porte quand c'était la fenêtre. Il y avait une sorte de jubilation sans borne et de charivari primitif à ainsi s'approprier le bien d'autrui. Des sofas étaient sortis et éventrés quand des méridiennes servaient d'assises aux accouplements emportés de couples irréguliers. Plus tard, de nombreuses femmes diraient avoir perdu leur innocence au cours de ces nuits-là. Il était alors de bon ton de ne pas les contredire et de rapidement passer à autre chose.

Une poignée de boutiquiers étaient partis, laissant sur place des centaines d'articles qui ne tardèrent pas à se putréfier. La pourriture gagnait du terrain, elle commençait par les rayonnages des magasins et finissait dans l'intestin mortifié des hommes. Nouveau règne d'une misère torchée à coups de bourbon. C'est d'ailleurs la puanteur qui indiqua aux paroissiens de Parker Dam que l'équarrisseur, lui aussi, s'était fait la malle. Enfin, façon de parler, puisqu'il s'était logé une balle dans le crâne et que des coulées roses tapissaient désormais l'entièreté de sa boutique. Les quartiers de viande, recouverts de matière grise, s'agitaient faiblement sur la poussière retombée. Ce qui n'empêcha pas les plus affamés de décrocher les jambons. Il ne demeurait donc plus à Parker Dam que les impotents, les crétins ataviques et ceux qui pensaient avoir déjà tout vu.

En revanche, les pionniers qui avaient tout misé sur l'exploitation agricole se refusaient à partir. Ils avaient trop sué dessus pour s'en aller maintenant. Alors ils restaient, plantant fermement leurs crocs dans la terre, et la bouffant à pleines dents dans une ripaille de boue asséchée. Chaque hectare se vautrait dans une infécondité crasse et le sol craquait de partout. Singulier damier qui annonçait la partie à venir.

Un soir, un bruit de carriole suivi d'un hennissement brisa le silence. Le fils se redressa sur sa chaise et se traîna vers la porte. Il perdit une espadrille, se baissa pour la ramasser, ses vertèbres claquèrent. Il grimaça de douleur et reprit, claudiquant, le chemin de l'entrée. Il s'attendait à tout sauf à Marianne. Elle n'avait plus rien du glorieux zeppelin d'antan, et ses jupons jadis immaculés étaient désormais souillés d'éclaboussures diverses : suc rance des légumes ou safran passé de la graisse servant à faire les confits. Elle avait considérablement maigri, et plusieurs mèches grises s'échappaient d'un chignon hâtivement noué. Elle regarda Franck d'un air un peu hagard et se mit à bredouiller :

« Sois gentil, Franck, laisse-moi lui parler. »

Il baissa les yeux, se sentant gêné.

« C'est non.

— Juste un instant !

— Y a des choses, on n'peut pas r'venir dessus, quand bien même on l'voudrait. Et vot' fille, elle vous d'mande pas. Maintenant, faut lui fiche la paix. »

Du bout de sa bottine, Marianne empêcha Franck de fermer la porte.

« Seulement quelques secondes !

— Si l'père et moi on accepte encore d'vous croiser, et à l'occasion d'faire parfois la discute en ville, c'est uniquement pour Klaus. J'sais bien qu'vous êtes… malade. Mais faut pas en d'mander plus. Parce qu'ça, c'est pas possible, et qu'ça le sera jamais. »

Marianne releva la tête et vit soudain Constanze positionnée en retrait de la scène. Elle avait quitté la cuisine et s'était avancée sans faire de bruit.

« Constanze ! Ma toute-petite ! »

Elle s'approcha – de son trottinement balancé – et regarda longuement sa mère. Pour la première fois depuis des années, on aurait dit qu'elle allait se mettre à parler. Ses lèvres s'entrouvrirent et découvrirent, un court instant, l'émail de ses dents, mais ne vint qu'une longue et saccadée aspiration. D'un coup, elle se rua en direction de la porte, la claqua et en bloqua l'accès de tout son corps. Marianne tambourinait à en faire craquer le bois et vociférait des mots rendus inaudibles par les sanglots. Franck crut un moment que la porte allait céder, mais Constanze tenait bon, les traits figés ; elle ne bougeait pas d'un centimètre. Elle attendit que les secousses soient moins fortes et plus espacées pour enfoncer la clef dans la serrure et la tourner. Se fit alors entendre une sorte d'effroyable râle. Tremblante, la jeune femme repositionna une mèche à l'intérieur de sa natte et regagna d'un pas mal assuré le fourneau. Devant le poêlon, elle oscillait encore de droite à gauche. Les lèvres serrées, elle secoua une dernière fois la tête et souleva le hachoir à viande. Constanze trancha si fort dans le rosbif que la lame ripa et vint entailler le billot. Elle fixa, inerte, les fibres du bois s'imprégnant lentement d'un sang noir.

Le père revenait de sa promenade quand il croisa Marianne qui semblait repartir de Black Mesa. Il la regarda manier les rênes d'un air hagard, le visage dévasté par les larmes. Il se retourna : son ombre, amalgamée à celle du cheval, prenait l'apparence d'un adipeux centaure. Subitement inquiet, Ron allongea le pas. Il n'aimait pas bien cette rencontre. Avec ce soleil qui cognait si fort, on n'était pas à l'abri d'une connerie. Colossale, la connerie. Il se mit à trottiner, puis à courir, insufflant toute son énergie dans ses vieilles jambes.

Lorsqu'il parvint devant la maison, rien n'avait changé. Constanze fourrageait dans le potager tandis que son fils réparait la barrière, qu'un bélier avait démontée. Le père se gratta, positionna son index sur sa narine droite et souffla pour en évacuer le mucus. Il s'en voudrait longtemps d'avoir ainsi cavalé pour rien.

Il était en train de dormir quand un bruit, à moins que ce ne soit un pressentiment, lui fit ouvrir les yeux. Il se redressa et observa la maisonnée assoupie autour de lui. Il mit quelques instants à remarquer que la porte qui donnait sur la chambre de Constanze avait été laissée ouverte. Le père se leva, s'approcha doucement, et passa la tête à travers l'ouverture : personne. Voilà-t-il pas que la folle s'était à nouveau barrée ! Il ne sut s'il en éprouvait du soulagement ou une forme atténuée de déception. Il pensa à son fils, qui allait très probablement en faire tout un pataquès, avec cris et danse de Saint-Guy à la clef. Dieu que Franck était plus simple à gérer quand il était petit : une torgnole, et on passait à autre chose. C'était le bon temps.

Il sortit sur le seuil, prenant garde à ne pas réveiller son enfant, bien capable de courir après sa cinglée en pleine nuit. Il saisit une chique et se la fourra entre les dents. Il se sentait calme, et cela faisait longtemps qu'il n'avait pas ressenti une telle sensation de bien-être ; il percevait jusqu'au sommeil alourdi des bêtes et pouvait compter chacune de leurs respirations.

Elle revint le lendemain après-midi, la jupe sale, les cheveux défaits, le visage toujours aussi rigoureusement inébranlable. Le père prenait un verre sous l'auvent quand il la vit arriver.

« Eh ben ! Où qu't'étais partie ? T'sais qu'mon abruti de fils est encore à ta r'cherche ? J'me demande bien c'qui t'trouves. Note qu't'étais pas obligée de rev'nir ! »

Il lui montra d'un signe de tête le paquet de cigarettes jeté sur la table.

« T'en veux une ? »

Il haussa les épaules.

« J'sais pas pourquoi j'm'emmerde encore à t'poser des questions… »

Il s'en alluma une et reposa le paquet. Constanze s'en saisit. Ron s'attendait à ce qu'elle tousse ou ne sache comment s'y prendre, mais elle s'y connaissait visiblement. Elle s'assit sur le rocking-chair à côté du vieux.

« T'avais des trucs si urgents qu'ça à régler dans c'foutu désert, pour partir comme ça en pleine nuit ? »

Elle se tourna vers lui et, bien qu'il n'en soit pas sûr, il crut la voir ébaucher un bref sourire. Décidément, elle lui aurait tout fait.

Quand Franck revint, bredouille, il les trouva tous deux en train de se balancer face à la nuit étonnamment tiède. Le visage de Constanze semblait presque apaisé, et elle écoutait le père qui, avec de grands gestes, lui parlait de Bouddha.

Ron continuait à deviser lorsqu'il remarqua des gouttelettes sombres sur la chemise de son fils. Elles semblaient provenir de la carcasse d'un rat-kangourou attachée à sa ceinture.

« T'as attrapé un truc ? Donne, j'vais l'échauder ! »

Le fils sursauta.

« Ah, ça ! »

Il ôta la dépouille de l'animal et la tendit au vieux. Tout autour d'eux, le soir lumineux les berçait de son souffle.

16.
Black Mesa, Arizona
Août 1889

Les journées s'écoulaient. Placides. Dans un relatif ennui mâtiné de courts moments de bien-être. Le fils sommeillait, le père crachait, Constanze s'activait, les heures s'égrenaient, le climat se déréglait.

L'été 1889 fut particulièrement chaud, et quelque chose de vaguement effroyable continuait à planer dans l'air.

Père et fils avaient dû entourer de linges les pattes des moutons tant ceux-ci se brûlaient l'ongle à fouler le sol. Quant aux quelques arbres qui émaillaient le domaine, ils n'avaient pas tenu le coup et avaient crevé. Les bourgeons qui avaient tenté d'éclore étaient retournés à la poussière. La fine couche grise qui recouvrait intégralement le paysage proclamait la faillite de la nature. Et si jamais la plaine possédait encore une poignée de jeunes pousses, traîne-misère de verdure, celles-ci étaient englouties sous les restes du Sonora qui, d'un coup de vent, progressait sournoisement et s'insinuait aussi bien dans les yeux des hommes que dans les oreilles des bêtes. Le désert stagnait dans la soupe du soir et se retrouvait sur les pages maculées des journaux qui tapissaient les latrines. Les draps en étaient imprégnés. Les fossés se transformaient en lagons boueux avant de reprendre leur rigidité de terre cuite. La chaleur était partout, le sable était partout, l'ennui était partout.

Le père se pencha au sol et ramassa un aster qui aussitôt s'émietta sous ses doigts.

« Ben v'là qu'ce foutu désert r'vient... Et pas qu'un peu ! »

Derrière lui, le fils immobile ne disait rien.

Franck et le vieux tentaient de prendre le frais sur le pas de la porte tandis que le soir tombait.

« Tout se tait... Les bestioles ont dû cramer. »

Le fils répondit en crachant une glaire qui ne parvint même pas à mouiller le sol.

« Possible.

— Tiens, j'ai r'trouvé un squelette de gecko. La peau avait pelé tout autour, ça lui faisait un drôle de ruban... »

Franck craqua une brindille entre ses doigts.

« On a perdu trois bêtes, aujourd'hui.

— J'sais. J't'ai vu creuser la fosse au loin. T'aurais pu les laisser aller charogne et s'faire bâfrer par les vautours.

— Y a bien longtemps qu'y ont crevé aussi, les vautours ! »

Le silence retomba entre les deux hommes. À travers le halo des chaleurs on percevait, lointaine et inaccessible, la lourde masse des étoiles, indifférentes à tout, petites perles d'hydrogène uniquement occupées à gérer leurs phases de combustion.

Le vieux reprit :

« Ça fait combien d'temps qu'on n'a pas vu Klaus ou Marianne ? »

Le fils fronça les sourcils.

« Depuis mai… Attends, la dernière fois, c'était à la foire de Parker Dam.

— Début juillet, alors.

— C'est probable. Ouais, ça doit être ça, puisque après on n'a plus rien eu à vendre avec c'tte foutue sécheresse. »

Le père se gratta la joue avant de se tourner vers Franck, et de reprendre d'une voix hésitante :

« J'me disais que si d'main t'avais pas b'soin de l'âne, j'irais bien y faire un tour. J'prendrai la carriole au cas où ils auraient d'l'eau en rab. »

Franck haussa les épaules, jeta son cure-dent et rentra dans la cabane.

« Pour ce que j'm'en cogne… Mais dis rien à la p'tite. »

Le lendemain, le père attela l'âne et se mit en route. L'heure nécessaire pour parvenir jusqu'au ranch des Mausser n'avait jamais été une partie de plaisir, mais sous une telle chaleur, le trajet se muait en authentique supplice. Des volutes d'air chaud pesaient sur la nuque du vieil homme, et la sueur creusait des sillons pâles sur son visage hâlé. Pour la première fois depuis longtemps, l'homme était incommodé par l'odeur âcre de sa peau. Dieu, était-il possible que l'humain puisse puer autant ? Cela dit, l'âne aussi suait, et Ron passait régulièrement une main humide sous les naseaux de sa monture pour tenter de la rafraîchir. L'animal peinait à avancer comme s'il progressait sur un magma instable. Ses pattes ne cessaient de s'enfoncer dans l'ardente mélasse, ce qui lui arrachait des braiments de douleur. Quand l'âne butait sur des éboulis, il reniflait une bonne fois pour toutes et donnait un ultime coup de reins… avant le prochain.

Et plus ils pénétraient dans les terres, plus le paysage se faisait désolé. Même les cactus saguaro semblaient peu vaillants. Cramés jusqu'au trognon ! Enfin une justice pour les hommes. La truffe de nouveau plongée dans la toundra, Ron revenait à ses anciennes marottes, se demandant si tout ce sable n'appartenait pas aux enfers. Peut-être même que le propriétaire des lieux allait subitement faire s'effondrer le sol pour récupérer son dû. Le vieux se marra ; il s'imaginait chuter en droite ligne (et avec l'âne par-dessus le marché) dans les tranchées infernales. Il en verrait de ces têtes, et pas des tristes encore ! Il retrouverait sans doute cet enculé de Polack qui lui avait un jour dérobé vingt cents. Il plissa les sourcils et tenta de se souvenir du châtiment réservé aux voleurs – l'écartèlement, les pinces ? Avant de finalement se rappeler que son ardoise à lui n'était pas nette non plus, et qu'il valait peut-être mieux ne pas davantage creuser dans cette direction. N'empêche : si son Polack pouvait agoniser au bout d'un pieu, c'est pas que ça le dérangerait beaucoup. Oh que non ! Pouvait bien même affûter un peu la pointe. Pour ce que ça coûte, un petit coup de canif.

Il mit deux heures de plus qu'à l'accoutumée pour parvenir jusqu'à la ferme des Mausser, et tout de suite il fut troublé par l'épaisseur du silence. Il descendit de sa monture, attacha le licou de l'âne à un tronc qui jouxtait l'auvent, et tendit vers la bête un seau rempli d'une eau laborieusement tirée de la pompe. Le vieux haussa les épaules et se tourna vers l'animal.

« Tu vas devoir t'contenter d'ça. »

Il scruta les alentours et nota que la porte de la grange était entrebâillée ; il s'approcha de la remise et poussa le ventail. Au début, il ne distingua rien, ses yeux ne s'étaient pas encore adaptés à la faible luminosité de la pièce, tout au plus voyait-il s'agiter des tisons d'or pailleté. Mais avant même que sa vision ne se rétablisse, l'odeur douceâtre de la laine chauffée vint l'accueillir. Senteur à mi-chemin de l'atelier du rempailleur et du taxidermiste.

Quarante brebis et moutons gisaient à même le sol. Tous à un stade de décomposition avancée, maigres silhouettes à peine amorcées sous l'échafaudage de chairs bouffies. Tristes abattis de laine retombée sur les ossements. Et, malgré l'indicible décor, Ron se demanda pourquoi si peu de mouches bourdonnaient autour des corps.

Le vieux ne broncha pas, ne sut que faire et resta là, les bras ballants, rendu stupide par la violence de la scène. Qu'avait-il bien pu se passer ? Jamais le couple n'aurait laissé son troupeau ainsi exposé, entrailles à l'air et pattes s'ouvrant sur le noir béant du ventre. Ron fit demi-tour et barra la porte, scellant dans l'obscurité le triste destin de ces malheureux mammifères.

Tout juste ressorti de la grange, le père fut assailli de plein fouet par le soleil. Il tituba un peu et se dirigea vers la grande bâtisse qui ressemblait à une maison de maître. La demeure, superbe pour une habitation de pionniers, se détachait nettement sur le silence.

La poignée n'opposa pas de résistance, et la porte s'ouvrit en grand. Cette fois, la lumière était suffisante pour que les yeux de Ron discernent les meubles recroquevillés dans la semi-pénombre. La résidence disposait d'un véritable vestibule qui débouchait sur un vaste salon. Ron navigua un instant entre les étoffes et les sofas, hagard, ne pensant à rien et songeant à peine.

Il monta l'escalier, parvint au premier étage et pénétra dans une pièce qui avait dû être la chambre du fils. Des bibelots traînaient encore sur la commode, et les étagères exhibaient un exemplaire de Tacite, ainsi que plusieurs livres reliés portant sur le droit des propriétés. Sur le bureau poussiéreux, un porte-plume en laiton détonnait sur le vide du mur. Tout dans la mansarde hurlait l'absence du fils.

Celle du couple était située au fond du couloir, en face d'un réduit barricadé qu'il devina être l'ancienne cellule de Constanze. Ron n'eut même pas besoin d'entrer dans la pièce : la porte, entrouverte, dévoilait deux corps couchés en travers du lit. L'un s'était mué en un petit ballot d'étoffes, l'autre, boursouflé de chair grasse, était couvert d'œdèmes sombres. Des taches brunâtres constellaient l'ancienne blancheur du papier peint.

Ron descendit lourdement les marches et s'affala sous le porche. Il ressassa la carabine laissée près du lit. Meurtre ? Suicide ? Au fond, à quoi bon savoir ? Ils n'étaient plus, et c'était tout.

Quand le père revint à Black Mesa, la nuit était depuis longtemps installée, mais le thermomètre affichait encore quarante-deux degrés, et l'atmosphère était si sèche que Franck avait renoncé à fumer.

« R'garde ! »

Il craqua une allumette et la poussière emprisonnée dans l'air s'embrasa immédiatement, créant de petites flammèches rouges qui tombèrent au sol, mortes.

« C'est bath, hein ? »

Le vieux ne répondit rien et s'attacha à dételer l'âne.

« Ils n'sont plus là ? »

Ron haussa finalement les épaules et lança d'une voix forte que si, ils y étaient encore.

« Ils y sont. Mais morts.

— Morts ?

— Tout ce qu'il y a de plus morts. »

Tout en disant cela, il regardait Constanze. Elle lui rendit son regard sans ciller. Puis recommença à balayer la véranda.

« Qu'est-ce qui s'est passé ? »

La nuit engloutit la réponse du père.

Deux jours s'écoulèrent. Deux jours où le vent, sans cesse, hurlait sa douleur à la plaine et charriait avec lui de chaudes bouffées qui faisaient gonfler les veines de leurs mains. Leur peau brune était parcourue de nombreux affluents bleutés qui enflaient toujours un peu plus. Quelquefois Franck avait l'impression qu'un caillot tanguait dans ses artères et attendait le bon moment pour en finir. Il contemplait encore ses mains quand le père le fit sortir de sa rêverie.

« T'as vu ça ? »

Franck leva la tête et vit des résidus de paille enflammée se mouvant dans l'air – corpuscules de lumière ou vagues lucioles tourbillonnant sans but. Beaucoup ne touchaient terre que pour s'éteindre mais certains parvenaient à se poser sur la branche d'un arbre et enflammaient alors le bois déjà mort.

Père et fils restèrent un instant éblouis face à ce spectacle inédit : le ciel s'ouvrait sur un déluge d'étincelles.

Franck écrasa du pied une flammèche qui avait pris sur une pousse desséchée, minuscule fleur ardente désormais portée par les sables.

« Qu'est-ce que c'est que ce bordel ? »

Les braises, véritable pluie de feu, ne cessaient de tomber. Une flamme atterrit sur les bardées du toit, et le fils courut tout de suite l'étouffer sous un chiffon. Haletant, il demanda à Ron d'aller chercher les seaux, et murmurait pour lui-même que tout cela n'était rien d'autre que le vent qui poussait vers eux les restes d'un incendie allumé ailleurs. Et en effet, bien loin sur le ciel bas se devinait un magma orageux qui ravageait les sables du Sonora.

Le père revint, le souffle court et la gueule chiffonnée.

« On s'en sortira pas, y a plus d'eau dans les fossés ! »

Sans répondre, Franck écrasa du talon une nouvelle flammèche quand une détonation se fit entendre malgré le bramement des bourrasques. Il sentit un frisson lui courir tout le long de l'échine.

« Un coup de fusil ?

— On dirait bien… »

Les sens aux aguets, tous deux tendirent l'oreille, essayant d'identifier un bruit reconnaissable à travers le fouillis de la tempête. Les muscles de leurs mâchoires se contractaient sous l'effort, mais rien d'autre ne se faisait désormais entendre que le relatif silence du vent retombé. Tous les animaux se taisaient. Morts, disparus ou en fuite.

Pendant ce temps, Constanze, immobile, fixait la plaine. Elle regardait au-delà des crêtes estompées des montagnes et accueillait avec gratitude ces brusques embrasements qui lui déchiraient les reins.

Plusieurs heures passèrent, et père et fils s'affairaient toujours à créer un barrage contre la pluie de flammes qui s'acharnait sur eux. Ils avaient tenté de calfeutrer de toile mouillée l'huis des portes et des fenêtres mais, quand le toit de la grange prit feu, Ron se résolut à libérer les moutons. Le voyant faire, Franck ne put s'empêcher de demander s'il les avait tondus, mais une rafale ensevelit ses paroles.

« Hein ?

— Les bêtes, elles sont tondues ? »

Devant sa mine ahurie, le fils reprit de plus belle :

« Même grossièrement ! Pour pas qu'les flammes leur tombent dessus ! »

Le vieux haussa les épaules et marmonna que tout cela ne rimait à rien.

Les brandons, jusqu'alors épars, s'amoncelèrent en une sphère qui croissait jusqu'à devenir une entité semi-vivante : entre la bête douée de raison et l'élément dénué de conscience. Parfois, le vent étouffait un départ d'incendie en charriant ses tonnelets de poussière, mais bien souvent il disséminait de nouveaux foyers un peu partout à travers le domaine. Une étincelle par-ci, une autre par-là, et les flammes pour tous. Un olneya avait été calciné et son squelette enflammé ressemblait à un grand brûlé. Certains moutons, restés à proximité des hommes, se ruaient dans le sable quand le feu gagnait leur laine. Père et fils parvinrent à tondre dans l'urgence deux ou trois brebis, mais tous deux savaient que la fin ne serait pas belle à voir.

Le ciel obscurci rougeoyait parfois sous le coup d'une violente flambée qui s'évanouissait subitement, le temps que les vents se rassemblent. Et derrière tout cela, un gigantesque craquement se faisait quelquefois entendre, telle une balle traversant la fournaise avant de ricocher sur le sol bouillant. À qui appartenait-elle ? Sortait-elle du barillet d'un bandit qui souhaitait profiter du désordre pour grappiller une ou deux babioles ? Étaient-ce les errements fiévreux de cerveaux stupéfaits et incertains face au chaos ? Ils ne cherchaient même plus à comprendre : ils luttaient de toute leur âme et de toutes leurs forces pour dompter l'incendie qui menaçait leurs terres.

Les bardeaux de l'avant-toit commençaient à flamber sévèrement, le feu ne cessait de progresser depuis une dizaine de minutes quand un brusque coup de vent vint temporairement étouffer les feux. Père et fils avaient le visage noirci par les fumées, et leur peau était méchamment piquetée par les retombées des poussières embrasées. Des hématomes couleur corail marbraient la chair de leurs avant-bras.

Ron leva un instant la tête : un gigantesque dôme de flammes s'approchait dangereusement. La fabuleuse masse grossissante allait sans nul doute être le clou du spectacle. Tous deux se regardèrent et comprirent que lutter ne servait plus à rien. Il fallait accepter et laisser passer l'effroyable vague. Admettre l'inadmissible et, conscients, se faire dévorer par cette sinistre chimère qui traversait en droite ligne les vides du Sonora.

Soudain, Franck vit une silhouette s'échapper : Constanze s'élançait vers la fournaise. Malgré le feu qui s'agrippait à sa robe, elle s'approchait, sereine et déterminée, du brasier.

« Constanze ! Non ! »

Franck n'eut pas le temps d'esquisser le moindre geste qu'un gigantesque embrasement emporta tout en une ultime et colossale lame de feu qui faucha aussi bien les cultures que les bêtes.

Un calme nouveau descendit du ciel redevenu serein.

Au lendemain du désastre, il ne restait plus rien du domaine, sinon quelques ruines noircies qui fumaient encore. Le sable avait recouvert de ses allées éphémères les sentiers tracés de la main de l'homme. La géométrie avait péri, la cabane avait été consumée. À dire vrai, c'était jusqu'à la notion de l'homme qui avait été éliminée du paysage.

Rien ne subsistait du père et du fils : ni chemise ni pantalon. Pas même un paquet de tabac ni la vieille gamelle qui leur servait de marmite. Des flaques de métal indiquaient l'endroit où l'acier avait fondu et ne gardaient de la forme initiale de l'objet qu'une silhouette grelottante. Longtemps, pourtant, des bouts d'étoffe bleue flottèrent dans le vent. Personne ne s'en rendit jamais compte.

On découvrit, à quelques encablures de l'ancienne ferme, des ossements de moutons échoués ; certains avaient éclaté sous la chaleur du brasier, d'autres présentaient une teinte roussie. Mais de Franck et du père, nulle trace. C'était comme si le désert avait englouti leurs contours, léchant à fond la carcasse et ne laissant rien des chairs. D'eux, il ne restait plus rien qu'une image. Un souvenir rapidement élimé, qui peu à peu s'effaça de la mémoire des habitants.

Seule fut retrouvée, posée bien en évidence sur le sable, la statue qui, invariablement, souriait.

Ce livre existe grâce au travail de toute une équipe.

Communication : Caroline Babulle, Sandrine Perrier-Replein, Inès Paulin, Adélaïde Yvert.

Coordination administrative : Martine Rivierre.

Studio : Pascaline Bressan, Barbara Cassouto-Lhenry, Joël Renaudat.

Fabrication : Muriel Le Ménez, Céline Ducournau, Bernadette Cristini, Sophia Paroussoglou, Isabelle Goulhot.

Commercial, relation libraires et marketing : Laetitia Beauvillain, Perrine Therond, Ombeline Ermeneux, Élise Iwasinta, Morgane Rissel, Arthur Rossi, Aurélie Scart.

Cessions de droits : Benita Edzard, Lucile Besse, Sonia Guerreiro, Costanza Corri, Elisabeth Stempak.

Gestion : Sophie Veisseyre, Chloé Hocquet, Isabelle Déxès, Camille Douin.

Services auteurs : Viviane Ouadenni, Jean-François Rechtman, Catherine Reimbold.

Ressources humaines : Mylène Bourreau.

Juridique : Laëtitia Doré, Anaïs Rebouh, Valérie Robe, Lucie Bergeras, Julia Crosnier.

Avec le soutien des équipes d'Interforum et d'Editis qui participent à la création, la diffusion et la distribution de ce livre.

Canoros Vehit Canentes

Imprimé en France par CPI
en mars 2023

pca
cmb
édition pré-presse
livres numériques

44400 Rezé

#lisez!
engagé
www.lisez.com
Pour plus d'information :
Imprimé sur du papier issu de forêts gérées durablement.

N° d'édition : 65160/01 – N° d'impression : 172216